紫凤凰

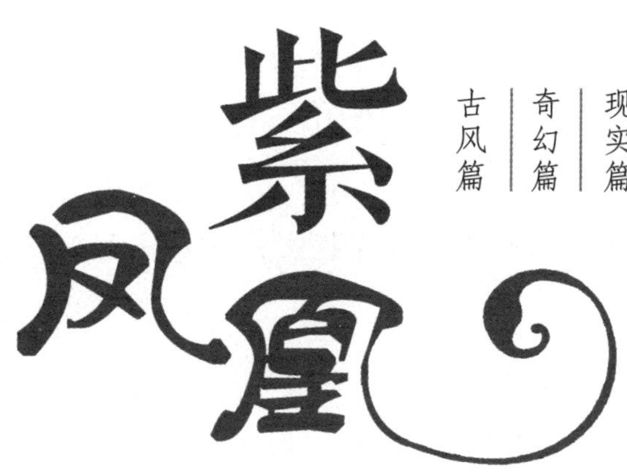

科幻篇
现实篇
奇幻篇
古风篇

禹茜茜 著

北京燕山出版社

图书在版编目（CIP）数据

紫凤凰 / 禹茜茜著．— 北京：北京燕山出版社，2022.3

ISBN 978-7-5402-6336-2

Ⅰ．①紫… Ⅱ．①禹… Ⅲ．①短篇小说－小说集－中国－当代 Ⅳ．① I247.7

中国版本图书馆 CIP 数据核字（2021）第 273313 号

紫凤凰

著　　者：禹茜茜
责任编辑：杨春光
装帧设计：陈　姝
出版发行：北京燕山出版社有限公司
社　　址：北京市丰台区东铁匠营苇子坑 138 号嘉城商务中心 C 座
邮　　编：100079
电话传真：86-10-65240430（总编室）
印　　刷：北京军迪印刷有限责任公司
开　　本：710 ×1000　　1/16
字　　数：220 千字
印　　张：13.25
版　　次：2022 年 3 月第 1 版
印　　次：2022 年 3 月第 1 次印刷
ISBN 978-7-5402-6336-2
定　　价：69.00 元

目　录

古风篇

科幻篇

紫凤凰

一

他是一个人，可他想做一只鸟。

这是什么症结呢？

他不待见任何陌生人，见到他们非得躲远了，敏感、孤独、畏惧。

好像我真的去寻找一只鸟，而不是一个人。

最初我是在一本古书上看到鸟人之说，他们是半人半鸟，这是由他们的外表到身体机能决定的，就像半人马、半人兽那样。可他除了精神的渴望，身体是人，完完全全的人，从小也没有特殊的环境引领他这样，也许就像达·芬奇天生会用左手写镜面字一样。

后来经我的妹妹凡茵茵的推荐，听到一部纪实小说《紫凤凰》的电台广播，讲述了一个中国男子爱上凤凰的故事，可这是扭曲的人畜恋啊！且这世界上应该没有凤凰这物种，况且还是紫色的凤凰。虽然没有怎么听完这部长篇的故事，但我有着极强的好奇心，终于向出版社问到这部小说作者的住址。

一个晴朗的白天找到他家的时候，他的出租屋里的陈设寂寞如夜，除了书还是书，但好心的房东——一位约莫七旬的年迈的孤寡老太太为他的房门挂了檀香木牌——作家安德烈故居。房东老太太告诉我，作家已经沉睡在一块冰凉的石碑下。我惊异地问她，一个德国人如何在中国死去的，她只回避我的目光笃定地说：这一切都那么真实，故事还在继续……说完她背过我，蹒跚地走在二楼过道里，长长的过道，幽暗如潭，整个世界仿佛只留下她的背影。

我赶往安德烈安息的地点，沉痛悼念了许久，在蒲公英掩映的石碑边角，看到了墓碑上刻下的细小的一串代表经纬度和时间的数字及符号，我立马记了下来，也许在这一时间、地点会发生什么事。死者透露的讯息，便是密语，我决定一个人前往。

动车、飞机、船舶……辗转多种交通工具，此刻我已置身非洲津巴布韦灌木丛中，我不知道该怎么样转换自己于他而言是陌生访客的身份，来换取他的信任，我像是另外一只异族的鸟儿，好奇地探访与众不同的同类。此刻没有人能够看见我，除非有人用红外线刻意找我。这里的“他”，就是安德烈小说里的中国男子，爱上紫凤凰的男人。我相信安德烈，还有那位奇怪的老太太，他的故事不只小说里描绘的那样简单。

一个学识渊博的博士和一个久居樊笼的孤岛野人一样，不会讶异什么事，处变不惊，泰然自若，一个见得多了，一个没有心情理。

我不是博士，只不过是一个自学成才的发明家和冒险者，还特别奇葩的是个女儿身，我想搜集些新奇的事儿，启迪发明灵感，这些事件的素材是天赐的，可遇而不可求。我担心他的故事本身比小说要精彩，这也是人类无法超越自然的力量，如果我此刻是一名作家，一定想用艺术超越现实，用小说超越纪实。

惊险的一幕发生了，像是前一秒就想掳走观众心脏的电影。一支锋利的箭“咻”地穿过我的耳边约 1.5 厘米处，它们仿佛比流星还要极速。

我的翻译耳机闪了一下，继而听到一声由德语翻译过来的高喊。“抓住它！”一个足有 2 米高的青年魁梧男人轻松地穿越荆棘丛，他巧妙地避开眼前所有的障碍物，他金发，瞳孔的颜色我看不清，隐约看到他投向地面的侧脸的影子，轮廓有致，想是欧洲人，我觉得他可以打篮球或者踢足球，准赢得了世界杯。他身后跟了不少同他并肩作战的随行者，我不知道他们要抓什么，可又怕自身被他们发现。

“咿！”这声尖细的惨叫不是我听过的任何一种生物所能发出的声音。我赶紧打开录音笔，不想错过回去之后的描述，更珍贵的是这份真实。我循着惨叫而往，按下自己发明的飞行鞋面上的机关，鞋跟后隐藏的两轮扇羽极速转动起来，我尽量低飞，免得太过引人注目。我喜欢穿艳色高跟鞋，还有艳色的镂空衣，愈艳愈爱，不过为了这次的探访，我穿上了一袭能配合变色服的白裙。

根据变色龙变色原理而做的变色服，它们本身如透明的塑料雨衣，可以随时随地变化成周围环境的样子。

忽而，我瞪大了双眸，瞳孔里印上艳丽的紫色，像很多种紫勾勒而成的光画，亮得璀璨，又像是仙女座星云。这是让我极为爱的色彩，而且它们排列得并不扎眼，而是亮眼。这些紫色中间，还有一颗像是小半颗洒上水雾的钻石，那是一双眼睛！不！我突然意识到，刚才惨叫的来源，是它发出的！它身体上的箭伤把它变得昏昏欲睡。

“快点！把它吊进卡车！”那个 2 米男指示众人道。

随着它的身体从丛林中慢慢吊起，我也一点点看到了它的全貌，它的绚烂翅膀、优雅的尾羽刹那间洇紫了整片翠绿的丛林，而天边的晚霞知趣的淡去了艳色，好像在向它致敬。

这是……

我诧异了，原来世间真的隐匿着这种神奇的动物，此前我只在剪纸、枕头、民间画、电影里追寻过她的影子，这一瞬间，我痛恨这些伤害它的人们。我不知道他们用了什么鬼方法来折磨它，而带走它又要做什么。它，是凤凰，一只象征富贵和吉祥，为世间惊鸿一瞥的紫凤凰。

而他，最爱鸟儿的他，会出现吗？他不会不为鸟中之王出现的，我知道。

他在哪儿？

我赶紧从背包里拿出激光剑，想阻止这一切。激光剑可以用远光延伸力量，在两百米内隔空制服人。激光剑首先砍向了万恶的吊车，可奇怪的是，激光剑里的激光被一层未知光波屏蔽了。而且 2 米男手机发出红色的光，滴滴作响。

“附近有人！快点儿！”2 米男蹙眉发火道。

一个胖男走近 2 米男，担心地说：“会不会是国际爱鸟协会那帮人？”

“狗屁！爱鸟协会的人怎么会用激光？我去看看。”他瞬间转换表情，得意的邪笑了，我担心他的手机里有扫描系统，我得赶紧脱掉隐形衣、收起激光剑。有时候，人的杀手锏反而是他的威胁。

果然，2 米男失望的发现他的手机没有检测到什么。一个中等身材的身影忽然扑向 2 米男，令其猝不及防，2 米男后背被他的尖刀划了一道棕榈叶茎般大的伤口，2 米男咬紧牙关，疼痛不已。

他浑身穿着羽毛做的衣服，肌肤干瘦，赤裸双脚，皮肤是黄色的，我想他和我一样，是亚洲人。或许他也是中国人。

他脖子上挂着显眼的紫红色凤凰吊坠。

是他！我就知道，他会来的。

2 米男忍痛爬起来追逐着他，此刻他想阻止吊车的愚蠢举动。

我不能做缩头乌龟。加快了飞行鞋的速度，从他奔跑的身后搂住他的腰，然后凌空而起，大约十几米，他的腰有点细，浑身一股鸟屎味儿。

“别说话。我知道你不喜欢人类，可我在帮你。”我抢先解释。而他惊奇的向下空看，好像此刻正在焦虑中圆梦。

我把他放在了吊车上，他愤怒的用尖刀刺向吊车车窗，车窗里的司机看到他疯狂的不停刺向车窗，表情惊惧，玻璃很快被击得粉碎。

我想，如果他一直这样下去，一定会把司机活活刺死，鲜血满车。我痛恨夺走凤凰的人，可也怕杀人。

紫凤凰也在看着他，呼吸着困乏的气息看着他，流泪。我再次惊异这凤凰看人的眼神，不像动物，像是有思想的人。这一点，简直无法用语言形容。

玻璃窗碎了。他不顾玻璃渣的存在，直接从残破的玻璃窗钻进吊车，司机被他吓得面色惨白，他也如我所料的猛刺向司机，血液像暴雨四溅。为何他是这样的凶残？我有些失望了，他为何这样疯狂？只是让司机不能开车，不就好了？

紫凤凰的神情，也有些失落、沮丧。

我又抱着他飞向紫凤凰，他一刀划开了困住它身上的网，可是又纠结着怕它落下时摔疼了。

就在此时，一架直升机飞来，它带来的狂风把我和他都吹得远离紫凤凰，我们停在半空，而飞行鞋的马力太小，根本飞不过去。直升机里的几个人，把网全部划开后，将紫凤凰带进了机舱，继而飞远、不见。

他张开双臂第一次向我开口了："抱！跟！"

我看着他沾满血迹的身体，有他人的血，有他自己的血，失落的愣住了。

"快！"他急不可耐地摇晃着我的肩膀，我看他焦急的神情，可怜、可悲。

我脱下鞋子，让他穿上，我们一人一只，看见直升机飞向百米高空不见了，高空的空气太稀薄，没有任何保护下的人类是承受不了的。我果断的抓住他，返回地面。

我们落在水帘瀑布坠落而形成的河岸边，两只犀牛的影子被他的忧虑砸碎。

"痛！"他发泄道。

惜字如金的人。我想他是借着玻璃渣的刺痛来表达内心的痛楚。

我背包里有小药箱，拿出镊子帮他把玻璃渣拔下，然后抹上云南白药，用白纱布缠住他的胳膊跟后背，完成之后我发现纱布已所剩无几，我们此行不能再受伤了。他不抗拒我，用感谢的眼神看着我，我想这是因为我帮助他去救紫凤凰吧。

此刻我仔细打量他，他个头不高，大约 1.7 米，头发很长，披散着却不凌乱，应是每天梳洗的缘故，衣服像是沾满鸟毛的蓑衣，鸟毛很硬，不柔软，应是他从死去的鸟儿那里拔下的。他的一对眉毛很浓而且长，彼此将要纠缠成一整条长眉毛。他有一双忧郁的凤眼，因为瘦削，两块颧骨凸出来，鼻梁不高，鼻翼很宽，接近葱鼻，嘴巴总是下撇着。总体一副很不讨喜的愁容，应该是常年面对巨大沉痛的原因，可他的眼神里还包含一丝希望。

他突然向我跪下。

猝不及防的我惊得赶紧扶起他，他固执的不肯站起来。

“你是想让我救紫凤凰？我会帮助你的，我是一个发明家，有很多玩意儿可以帮上忙，别急。快起来。”我想了想自己的能力，内心没有保证但努力的宽慰他。

“谢！”他终于起身说。

这一刻我觉得他很善良，我说：“你有没有凤凰的羽毛，我要回中国，根据上面的气味来定位凤凰的气味，以便判断她在哪儿。”

他很快一边看着我，一边跑了起来，他一定是要带我找紫凤凰的羽毛吧。

忽然间狂风四起，风声如巨龙嗓子眼里的嘶吟，郁郁葱葱的丛林变得模糊，被一层白雾笼罩，连一只孕蜥蜴肚子里的胎儿也感知到即将到来的暴雨，动弹不停。

我担心雨水会淋走羽毛的气味，雨水里有不少杂质，它将阻碍得知羽毛主人所在位置。

“快点！赶在下雨之前！”我穿上飞行鞋准备再次抱住他说。可这次，他竟回过身，我不小心和他抱了个满怀，他身上的血腥味冲了我一鼻子，我的白衣也染成了花衣。

他赶紧松手了，一下子狠狠跌落在树杈上挂着，一条枯树枝颜色的眼镜蛇警觉地吐芯，努力感知他的气味。

我迅速把他从树杈上拉得坐起来，给他递上一只飞行鞋。闪电已经开始劳作了，我们得抓紧。

“那儿！”他朝远方指着，我看到一大片淡粉色巢穴，在一棵巨大的凤凰树的树冠之顶，这棵树恐有二十米高，像一座粉红色的摩天大厦，上面开满了粉色的花，它们柔软得像鸭绒，风一吹过来，就把人领进了梦幻的堡垒，眼下疾风在狂欢，我们周围的花瓣雨首先降临。

随着我们飞行得越来越近，隐约见到紫色的凤凰羽毛。像是尾部的长羽，足有一米长，而巢穴是白色的椭圆形，向北开口。我幻想着，紫凤凰待在这样美的巢穴里，一定有胜过展览馆中任何为了配合作品而陈设出的精心设计。

好期待。我想抚摸它的质地，是丝滑的，还是绵柔的？触碰时，我觉得手好像变成了困倦的双眼，想要立刻枕上这支仙羽入眠。

二

我带他辗转多日回到了中国，我工作于上海的一家高科技发明研究所，在这里工作行动自如，只要定期有发明报告或成果就可以。在我的发明研究室里，我可以用气味匹配定位仪得到紫凤凰在哪儿的信息。

气味匹配定位仪是一台只有面包机大小的机器，当我把羽毛放进定位仪的扫描区时，它的电子屏幕显示了三种不同的该气味儿所在地图——卫星图、海图和 3D 实景图。“紫凤凰在德国爱鸟协会保护所，她一定是安全的，你放心。”我兴奋地对他说。他得知这个消息很高兴，还好奇的观摩着我的各种小发明。

“直升机上面的应该是爱鸟协会的人，他们会照顾好她。可恶的是那个 2 米高的男人，他那一帮人不是什么好鸟！”想到他们，我心生厌恶的说。

我来到我的发明研究室的楼顶，这里有我种植的花花草草，不顺心的时候，我会去上面透透气，浇花施肥。

我正悠闲的给我的含羞草浇水，忽然感到有人站在我背后，我还没有来得及反应，就毫无知觉了。

当我醒来时，已经被五花大绑，还看见了那个阴魂不散的 2 米男，他居然从非洲跟踪到中国来了，可见紫凤凰对于他的重要性了。他满头金发，面庞俊朗，身材完美，可惜不是什么好人。

我看了看房间的装潢环境，应该是浦东区华金酒店，以前我来过一次，装潢的风格是波希米亚风，这房间的风格正是这样，我扶了扶耳际的眼镜架，用可任意调节距离的超级望远镜眼镜随意扫了一眼 2 米外的、位于玄关处的零食售卖电话和位于室内座机上贴的房间号，眼镜很快扫描信息并帮我自动转接到我的电话手表上，且拨打了电话。

“说！紫凤凰在哪儿？”2 米男拿了把小巧的瑞士尖刀逼问我。

2 米男用蹩脚的中文说着，我听着想笑。不过看来 2 米男来晚了，没有偷听到我在发明研究室里说过的地址。

“请到 1806 来，我被反锁在里面了。”我镇定自如地小声对客房服务员说。

“你说什么？”2 米男疑惑不解。

“对不起，我没有跟你说话，你最好放下你的刀，这里有监控。”我用生平最管用又不用花钱的东西——谎言，来唬恶人。

“你以为我会相信你？快说！”我看见明晃晃的尖刀逼近我的动脉，看来只能拖延时间了。

“我可以带路，我说出来，万一你还是找不到怎么办？”我这样建议道。

“你可别想耍花样！”

窗外一群白色鸟儿密集的扎堆，坐在床边的我和 2 米男都觉得奇怪，难道是外面发生了什么事吗？

1806 的房门有一阵开门声，2 米男赶紧到门的猫眼去看，结果上来一位年轻的女服务员，她打开门时看见被绑架的我，大惊失色，2 米男慌忙捂住她的嘴，把她的双手控制在后背，再急速地关上房门。此刻那群鸟啄破了厚厚的玻璃窗，一窝蜂的用嘴把我坐着的床单衔了起来，我整个人被床单兜住，慢慢悬了起来，我简直不敢相信，这群白鸟是要干什么？

2 米男也没有判断出来，他和女服务员都看得愣住了。

接着我就被白鸟们从窗户窟窿里抬出了 18 楼窗户，天啊，我没有穿飞行鞋，这些鸟要把我怎样？我不能被摔死！我才25岁！连男朋友还没有！

2米男顾不得那位女服务员，冲到窗口破口大骂，还把尖刀甩向我，我眼睁睁的看着它直冲地面，好险！

我跟着白鸟们徐徐降落，俯瞰楼下的行人，有很多人仰头看我，这下我可出名了。而他，正在楼下等着我。只见他一吹口哨，白鸟们加速下落，把我带到地面，然后它们像无名英雄一样飞远了。

“你会鸟语？或者说，它们全都听你的？”我激动地跑到他面前，不小心摔倒了，我的连衣裙是后背系带子的，这下散开了，他忽然凑过来看我的后背，眼睛瞪大了，神情异样。

“喂！你个色狼，看什么看啊！闭上你的鸟眼！”我生气道。

他呼吸开始不对劲了，变得很快，好像有人故意要气疯他一样，我慌忙爬起系好衣服，拉起他的胳膊说道：“算了。你别这样，我带你找紫凤凰去！”他猛地甩开我的手，脾气很大。此刻我越来越搞不懂他了，他到底是怎样的人？至少，他知道救我，还算有良心。

很快我们乘特快航班到了德国爱鸟协会保护所，我不会德语，用小巧的翻译耳机把工作人员的话都翻译过来听，大体意思是不让进去，我们就这样在大厅待着，不知所措，他急得踱来踱去，我的眼睛被他的身影晃得发晕。

霎时间，大片紫色洇染了整个保护所，他便循着光源找寻。我猜，紫凤凰应该是感受到了他的到来，从禁止让我们进入找它的房间里飞了出来。

见到紫凤凰时，他满面紫光地拥抱她的脖颈，一种说不清的爱涌现。而紫凤凰也蹲下，非常温柔、安静地让他拥抱着，她的眼角闪烁着泪光。她的羽毛贴服在地面，好像最美的流星流泻在银河系之中。我看见这情景，仿佛看见的不是一个人和他的宠物相聚，而是一对恋人的灾后重逢。也许，超越恋人。

我注意到保护所的一位满脸络腮胡子的大叔，躲在远处拍下了这一幕。这位大叔善于发现，值得结识，于是我礼貌的把自己的名片递给他，他也给了我名片，我的注意力还在眼前的画面，便没有看名片，先放进背包。

回到此情此景，如果我是画家，一定要画下这意境来，我想到了广播里一位磁性的中年男声阅读的小说《紫凤凰》里的描绘的画面。那是在大雪纷飞的寒冬，紫凤凰在粉色凤凰树巢穴里卧着，身下是他，她在焐着他的身子，给予他温暖，他只露出一个头，含情脉脉地看着她，可她的目光游离在外，好像在躲避着什么。远方有绿林、有野兽、有落瀑、有云彩，还有不食人间烟火的气息。

我不齿于小说里凤凰和人的情感，可身处真实时，我的心却被融化、感怀。

面对这只硕大的足有三米多的凤凰，我走上前去，想亲手摸摸她。

他却忽然间反应激烈。又拿出别在腰间的利刀，向我刺过来。

我惊惧万分，捂住肚子，鲜血渗了出来。我倒下了。晕眩、无力撑开眼睛。

待我苏醒之时，看见紫凤凰安静地待在我身边，我躺在一大片草地上，已经远离了保护所。再摸摸自己的肚子，竟已没有了伤口。

“我的伤口是你治好的吗？”第一次距离她那么近，我有点激动地问。我还看见她的眼角有残留的泪痕，但没有问怎么了。

紫凤凰竟开口说人话了：“是。他……他爱护我没有理智。我在他面前不说话，不想让他再多一分依赖我。麻烦你保密。”

“你会说话！”我的脑海浮想联翩。

“嗯。”

“好的。你知道他为何突然要杀我吗？”虽然我不知道紫凤凰为何不想让他依赖她，还是要尊重她的意愿。

“你的后背上有‘杀凤凰’的标志，就是凤尾上有个红叉的标志，他看到这样的图案，不能自已，就像他看到在非洲灌木丛里那位吊车司机一样。”她温柔地、恬静地说话，像一位温婉的年轻母亲。

一时间我脑子乱了。我的后背什么时候多了这个标志？是……是 2 米男干的？对！一定是！

我又跟紫凤凰提到了那部小说《紫凤凰》，里面说到他原本是八面玲珑，朋友众多，非常理智的人，可不知其中发生了什么，变得孤独暴戾。后来他喜欢凤凰，为了和她一起生活，学习鸟语，吃鸟食，成为鸟人，实质上也就是一个远离人类社会的野人。还提到了《紫凤凰》的作者安德烈墓碑上的字符，它们特别神奇，能预见未来。

紫凤凰好似在隐藏着自己的内心，若有所思的过了许久才答道："我也不知原因。我不喜欢本质恶劣的人类，那个标志的设计就来源于他们。我现在帮你把你身上的'杀凤凰'的图案消掉，再帮你跟他解释。"紫凤凰说着，眨眼间飞走了。我看着她美丽的倩影，像一朵紫色的云彩，渐渐消失在天边。我看不见自己的后背，但我知道它一定会瞬间消失在紫凤凰的承诺中。

可经过这次，我不想打扰他们的小世界。我离开了德国，独自回到中国。

三

"滴滴滴滴，滴滴滴滴，滴滴滴滴……"我的远程监控仪响了。

我打开电脑，连接监控画面，看见之前我在小说《紫凤凰》作者安德烈的墓碑安装的配对监控那里出现了新的数字。画面中看不见是谁写的，可就是一串新的数字再次出现了。配对监控器就是能够连接我的远程监控仪的隐形物，好比间谍用的相机笔，而我的配对监控器则是一株仿真草，我把它的"根"牢牢地插在墓碑前方的泥土里，周边的草丛加以掩映，是很难被发现的。

根据经纬度和时间点，发现地点在美国纽约曼哈顿区，时间是 2020 年 8 月 18 日，不正是明天吗？糟糕！我明天得写发明报告，24 点前得在系统上提交。只好 4D 视频给我在哥伦比亚大学读创意写作专业的"双胞胎妹妹”凡茵茵。她是我发明的高仿真机器人。

如今机器人作家在市场上非常流行，已经有相当一部分机器人的作品受到世界各地的读者的热捧，它们在对人类上千种行为、思维进行模式化总结后，用随机匹配的方式形成小说里的各种事件、人物三维形象，虽然谈不上能写出多么伟大的作品，但起码可以用精彩来形容。当然，机器人也需要补充知识的营养，给他们上课的也是机器人。如今大学里正开设机器人班和人类班，他们之间会在毕业前夕进行创意写作上的巅峰对决。

“哈喽！茵茵，上个月我在一位作家的墓碑上发现了莫名出现的经纬度和时间，据此前往之后，你猜我看见了什么？”我激动地说着，把双手伸进了面前的电脑屏幕里面，轻轻捏着我妹妹的小脸蛋儿。

“看见了什么？姐姐？”茵茵向我甜甜的微笑，鹅蛋脸儿红扑扑的，一袭波浪发披肩，额头一圈系有镶嵌多颗蓝水晶的流苏坠饰，穿着露肩的荧光黄色长裙，修长的双腿下穿着银色的闪亮的高跟鞋。这正是我喜爱的打扮，她可爱的像洋娃娃。我们穿的不一样，但她的衣着风格的喜好是我定的。发型也不一样，我是长直发。面孔是一样的，只是我没有她那么完美无瑕疵的皮肤。

“我看到了绝美的紫凤凰！真正的凤凰！你一定也只在传说里听说过吧！这次我不知道这个地点会发生什么事，正好你去帮姐姐看下，说不定对你写作有帮助。姐姐我明天要交发明报告，没时间去了。你就代替我去吧！”我说。

“好，那我把手伸过来，摸摸姐姐这些日子的记忆，我就能换作你去了。”茵茵很乖巧的说。

“嗯。来吧。”我闭上眼睛，茵茵的手从电脑屏幕伸过来，摸向我额头上戴着的脑电波传送仪。茵茵的手心所在的内部是安装有接收器的，当它们之间彼此接触，就会互通连接，将我的记忆传输到茵茵的储存盘里，很快她就会看到并牢记我这些天经历了什么。而我会在上海边写报告，边在电脑旁边看茵茵的行动。

第二天一大早，我坐在电脑前，看见茵茵按照地址来到史前动物博览园。看到巨大的绿植修剪出的宣传字样——热烈庆贺史前动物博览园盛大开园！今天是开馆的第一天，门票七折，很多游客在外守候，熙熙攘攘的，好不热闹。

在模拟原始森林的博览园里出现了猛犸象、始祖鸟、石爪兽、巨兽龙，水里的史前动物有小到青草色的仙女虾，大到海洋中的顶级掠食者沧龙。

这是真的吗？怎么像是在看电影《侏罗纪公园》？我在屏幕这头纳闷着。算了，还是先写报告，等写完了，再看录播的视频吧。

写完报告已经快晚上 10 点了，我靠在转椅上，歪着头，从电脑上看今天发生了什么事。

茵茵会自动隐形，很快潜入了博物院里的研究室，整个研究室都是白色的装饰风格，一台台透明圆柱形玻璃里面，关了不少动物，它们身体里被插入各色管子，输入明黄色液体，输出红色血液。茵茵还看见了那个“老朋友”——2 米男！是他！只见他神情满足，嘴角还是挂着他标志性的邪笑。

“约翰，这次我们赚发了！那些人真以为这些是史前动物，我真是太聪明了！懂得注射变异激素到现代动物身上！”穿着白衣研究服的光头胖男笑嘻嘻地说。原来 2 米男名叫约翰。

我在想，既然他有了什么变异激素，他找凤凰的原因是什么呢？仅仅因为使用变异激素是违法的？

“什么？变异激素？谁让你用的？你这头蠢猪！你不是说已经在三年前，在史前凤凰蛋上提取了基因了吗？博览园里难道不是用基因复活的史前动物？你们注入的不是基因提取液？你开玩笑！！！”约翰听完瞬间转变了笑容，瞪大眼睛看着胖男，怒火以对，“现在我要你处理掉它们，立马关闭博览园！退票！这是欺骗！我可是博士，我也有我的原则！”约翰继续发脾气，用力按着胖男的脑袋。

“博士？切！那又怎样？你以为你是谁？我可是投资人之一！这些钱

已经到我们几个投资人手上，你想干什么？”胖男也不好惹，他从约翰的魔爪里挣脱出来，从怀里掏出了明黄色的变异激素回溯液体，在约翰面前晃来晃去。

“你要做什么？你拿它做什么？”约翰看到这瓶液体开始露怯了。

“哈哈哈！同仁们！看我马上给你们变戏法看，啊！”胖男用针管吸入液体，一下子打在约翰的胳膊上。

“啊！”约翰痛得大叫起来。他原本足有 2 米的个子，此刻身体竟在不断缩短，渐渐的，他越来越矮，最后变得像一位六岁孩童的个子，衣服全部堆在了光滑的白色大理石地面上。

“别忘了，你的个头是怎么长高的？侏儒！矮侏儒！你他娘的一辈子就是一个叫人看不起的小侏儒！小侏儒！你以为你的破科研重要？我呸！第一位当然是钱！源源不断的金钱！你看看外面那些人，他们都在等待，在拥挤，在挥洒金币！有了钱，我可以买你这样的人一百个，一千个，一万个！你算个屁！”胖男慷慨激昂地笑着说着，其他的白衣工作人员附和着纷纷大笑起来。

约翰看着周围人都跟着光头胖男毫无顾忌的嘲讽，又看看自己的身体，接着恼怒异常的说：“这些都还是我发明的呢！你们！你们想用回溯液体，把我变回去！！别想得逞！！！”他怎么蹦啊跳啊，都只能够到那胖男的裤腰带位置，何况胖男还把针管和液体瓶子举了起来。

看来，他们发生了内部分歧。难怪他在非洲灌木丛的时候有那么多高科技的手段，他是博士，也懂得发明。只是他为自己的某种目的，已经做出了出格的事情。

茵茵没有跟着看笑话，她跟着用地上的衬衫裹住自己身体的、羞愧难当的约翰，到了男厕。

约翰正在镜子面前，把原来的白衬衫穿成长袍，他还是精神抖擞，意气风发，非常自信的看着自己。茵茵突然不隐身，出现在他的背后。

约翰从镜子里看见了茵茵，竟一点也不惊讶，还是那么从容。

“我手机里早就检测到你穿着隐形衣了，你跟着我干什么？不怕我再绑架你？”约翰看着镜子，镇定自若地整理着自己的装扮说。

“你，没有被我吓到？”茵茵出乎意料地问。要换作常人，肯定会被吓一大跳。

“没有，我是个心理素质极强的高个子。”约翰还不想承认自己目前的状况。

“可他们说你原本是个侏儒。”

“不要再跟我提这两个字！听到没？！”约翰很快转过身。

看到这个画面，我想，如果说“杀凤凰”的标志是他的禁忌，那么侏儒就是约翰的禁忌。他，此刻有没有跟紫凤凰待在一起呢？

“我可以帮助你恢复原来的个头，不过你要告诉我，你一直要想方设法地抓紫凤凰，究竟是什么目的？”茵茵问。

“紫凤凰，她是真正的史前动物，她有很多神秘力量。如果我能研究出来，那么我很快就会名垂千史，名垂千史！”

“原来是这样，你这么轻易就告诉我？”茵茵问道。

“当然……不是，这样的好消息，我怎么会跟别人分享？所以你和你的主人，必——须——死！”约翰说这句话的时候，我和茵茵都被惊诧到了，他竟然知道茵茵是机器人！

厕所里出现了两名黑衣男子，其中一个把约翰一下子扛起来。

“你们要做什么？”约翰挣扎着问。黑衣男子快步走向了研究室。

“你已经换好了衣服，现在，给你一点儿惊喜。”光头胖男站在研究室的一处空着的圆柱玻璃皿旁边说。

约翰被强塞进玻璃皿里，就像动物被关进牢笼那样。

“给你点儿颜色看看！”胖男拿起五颜六色的管道向约翰示威。

“你疯了！你要干什么？这样不人道！”约翰吼叫起来。

“看看你现在的样子，多像我多年前养的一只家雀儿呀。”胖男的讥讽中透露着鄙视。

当各色的管道插进约翰的五脏六腑之时，顷刻间约翰疯狂地长高，之前的衣服很快被撕碎。他的个子渐渐地快到房顶那么高，可他还不停止，疯狂地长大，他不得不挥拳打碎房顶，他的力量震动了整个史前动物博览园，实验室里的圆柱玻璃也被震碎，游客和动物们趁乱而逃。

实在太可怕了！他到底要长到多高？这一切都远超胖男的预估，约翰第一个对付的当然就是胖男。他的脚掌现在有一米宽，正准备要踩死胖男时，又收了回来。胖男吓得尿了裤子，赶紧逃开。

“我怎么舍得一下子杀了你？我要慢慢玩死你，还有你们！”约翰看着自己恐怖的肢体，痛彻心扉地说。

胖男向茵茵所在的位置跑了过去，约翰蹲下身体，瞪大眼珠子，在找胖男，也在找茵茵。

茵茵被眼前的一幕惊住了。

我看得揪心，暂停了视频，赶紧给茵茵打电话，可电话显示无法拨通，也许是她现在正在给自己充电，我还是继续看吧！

约翰走向了研究室的一间办公室，里面有一台激光扫射器，把很多游客的身体上都扫入了“杀凤凰”的标志。我知道，这就是他一看到就会杀人的标志，希望他不会出现。

而约翰又按下了一个机关，一个隐形门打开，一大片紫色的光芒照耀出来，里面居然关着紫凤凰！她钻石一般闪烁的眼睛，几乎要流出泪来，她一直在用意志力控制着自己。她的双眸长着长长的弯弯的柔软睫毛，没有眨着，大概是怕一旦眨眼，眼泪就会落入眼皮下方处已经安装了的容器中吧。

“我知道，你肯定在这群游客里，出来吧！你看到这个标志就会杀人！我就能收集到更多的凤凰眼泪！蓝郁之！”

蓝郁之！是他的名字！我第一次得知这个名字。小说里可是一直用“他”来描绘的。看到这里，我才明白那天我被他，被蓝郁之刺杀之后，为何伤口痊愈了，凤凰的眼泪可以瞬间治愈一切病症！我也终于知道我后背的这个标志，是约翰在利用我，只是为了让善良的紫凤凰流泪！可我知道，紫凤凰是不会让他得逞的。此刻变异的约翰也正是在利用紫凤凰和蓝郁之的感情，真是可恶！

我更想知道为何蓝郁之一看到这个标志就会有杀人的冲动。可目前看来，无从知晓。

蓝郁之在哪儿呢？他一身的鸟屎味道，人群里很快会被嗅出来。他不会改变自己。

约翰“细嗅”着蓝郁之的体味，低吼道：“我相信空气中会很快会传来血腥味……”

茵茵赶紧去找蓝郁之，她在用自己的系统扫描紫红色凤凰的图案。蓝郁之随身戴着紫红色的凤凰吊坠。很快，茵茵在四散的人群里发现了他。

他浑身都在颤抖，他的眼睛里到处晃着“杀凤凰”的图案，人群里无数条胳膊上都晃着这图案，他抱头跪在地上，痛苦不堪，他冲向人群，又拔出身上的刀，看见弱小的孩子，下意识地收回自己的手，可现在他的身体几乎不受控制，像是恶魔附身，急切的想杀掉这些人。

他用双手虎口处使劲挤着自己沉默已久的喉咙，突然自言自语道：“你不能杀人，他们都是无辜的，是有人故意激怒你，让你的意志战胜自己吧！”蓝郁之边说边不断地抚摸自己的胸口。这是我第一次听他说这么多的话，以前他最多一次说一个字，看来他真心想要克服自己心里的魔障。

“不！快报仇！他们都是你的仇人！杀了他们！以解心头之恨！快！”他又爆发出另外一个声音在高喊。

“我来帮助你吧！”茵茵来到蓝郁之身边说道。

“不！你快走，我不能看见那个标志！我不能再滥杀无辜了！之前我杀你，是我的错，对不起！紫溯说过，我不能再失去理智。”蓝郁之把茵茵当作我说。

“紫溯？是哪位？”茵茵边说，边从包里拿出一块丝巾系在他后脑勺。此刻遮住眼睛，或许是最好的办法吧。

约翰眼看计划失败了，自行开始了屠杀，他一脚下去便轻易踩死了很多人，茵茵也心慌极了。此刻爱鸟协会的那个长满络腮胡子的摄影大叔又出现了，他拍摄下了这样的场景。大家都忙于逃命，他竟然还有心情拍照。

蓝郁之看到可恶的约翰，用刀刺向他的脚，可他却一点儿反应也没有，反而是一脚踢开了蓝郁之。蓝郁之身受重伤，躺在墙角动弹不得，他努力地睁开眼睛，看向紫凤凰所在的南方。茵茵冒着险，试图用博物院研究室里的麻醉剂来麻醉约翰，可针管太小，戳不进他硬实的皮肤。

茵茵来到紫凤凰被关押的地方，想救出她，可是她身上的铁枷锁怎么都打不开。茵茵看见她流了很多眼泪，那些眼泪晶莹剔透，好像被融化的水晶一样闪耀。大概是因为她知道蓝郁之和大家的伤情，再也忍不住了吧。

这些闪闪发亮的眼泪一直在流淌，渐渐的漫过了紫凤凰身体上的枷锁，而枷锁被她的眼泪浸湿之后，自动解开了，茵茵激动得差点儿跳起来。泪水不断从紫凤凰的眼睛里涌出，涌到了实验室时，那些五彩的管道里的液体变成了透明的颜色，受伤和死去的游客们，伤口消失了、生命也恢复了，而正在恐惧中逃跑的光头胖男，忽然间止步，他的神情不再害怕，而是归于平静。

当凤凰之泪浸入了约翰的脚踝之时，他也停止了暴躁的神情，身体也慢慢小了起来，恢复了他原本矮小的身高，并且浑身透露出宁静、平心静气的神情。蓝郁之身上流出的血液回溯到了身体里，他的伤口痊愈，睁开双眼，阳光洒向他的面容，他的笑容跟着阳光一起金灿起来。

约翰和胖男好像全然忘记了过去，没有愤怒、没有矛盾、没有争吵，整个世界是那么的祥和，就连那些因被注射变异激素而变成史前动物模样的动物们，也恢复了现代的样子，人们看到了熟悉的斑马、犀牛、金刚鹦鹉、飞鱼……

我欣喜之余，注意到紫凤凰的眼睛开始充血，面部的皮肤开始溃烂，头顶美丽的翎羽不断地脱落，她一定是太伤心了，显得很疲惫。我再也高兴不起来了。茵茵赶紧把蓝郁之带到她的身边，希望她的心情可以好点儿，别再流泪了。

蓝郁之见到她，再次抱住她，非常疼惜地对着她的羽毛吻了又吻，可一切都无济于事。她抗拒了他，用翅膀挡开了蓝郁之，还有站在一旁不知所措的茵茵。蓝郁之在她的反常举动之下，眼神更忧郁了。她奋力地扑棱翅膀，不留下一个回眸，艰难地飞走了。

她为何要走呢？是在生命弥留之际，不想令人观之而愁肠百结吗？

就是这样的她，让我由衷佩服起来，想到她作为一个生物的无力感，她控制不了人类对她的趋之若鹜，唯有努力控制悲伤，不让坏人得逞。当悲伤决堤之时，她只有更努力的滤尽悲伤，用眼泪来改变这一切。

“快！你的飞行鞋！我要去找她！”蓝郁之一边望着紫凤凰离去的方向，一边赶紧求助茵茵。

“我，我没有带。”茵茵身上哪有我发明的飞行鞋啊。她只好这样说。

“快点！我等不及了，要跟上紫溯！”蓝郁之焦急地说。

“我真的没有带，不骗你。”

蓝郁之不顾茵茵的话，非要翻茵茵的口袋，里面只找到了可以遥控她的遥控器。

“这是什么？飞行用的遥控器？”

“不是，你别碰它！”茵茵阻止道。

他乱按着，茵茵来不及劝说，他就按下了关机、格式化、禁用等按钮，茵茵很快全身抽搐，躺下不再动弹了。

视频的画面也消失不见了。

“茵茵！”

我早已按捺不住了，我的茵茵！

我的鼻头一酸，眼泪掉了下来。我很伤心，因为再一次见证了妹妹的离开。蓝郁之失去了紫溯，而我，失去了茵茵。

原本我有一个跟我血脉相连的双胞胎妹妹，十年前，她在我们 15 岁那年死于一场意外。她的离开，是我们全家的至深遗憾，后来我发明了机器人茵茵，以此缅怀我的妹妹。她那么善良、有才华，她爱写作，爱思考……此刻我已分不清自己在说哪个妹妹了，她们都是我的宝。

我立马订了飞往美国纽约的机票，前往曼哈顿区。

四

史前动物博物馆已经面目全非了，我收拾好茵茵身上的零件，准备去哥伦比亚大学。

校园里，我被一位老教授认成了茵茵，老教授问我，那本《紫凤凰》第二部写得怎么样了？第一部真的非常好。

我惊呆了，这本书的作者，竟然是她！

我来到她的宿舍，为她整理了她写的三本书，准备出版。其中一本果真是《紫凤凰》，我不敢相信，原来，安德烈是茵茵的笔名，而茵茵之所以要假装另外一个人去世，是不想让约翰发现她的行踪，原来她早就知道一切！

我还按照之前在德国爱鸟协会保护所拿到的名片找到了席勒，原来他是一名专注于纪实摄影的自由职业的摄影师，不隶属于任何机构。我打电话和他商量，能否一起完成《紫凤凰》第二部，用他的摄影作品作为书籍的插图，他爽快的答应了。

我开始阅读纪实小说《紫凤凰》，小说写到了蓝郁之的妻子紫溯在35岁生日的前夕，意外发现了一枚巨大的怪蛋，而这却成为后面一系列悲剧的凶源。一位参加紫溯生日宴的好友将怪蛋的存在无心透露给了记者，记者报道了新闻。

当时在中国出席国际会议的约翰看到新闻之后，怀疑这枚蛋是珍贵的史前凤凰蛋，约翰很想得到怪蛋，但是被紫溯严词拒绝了。约翰气急败坏地绑架了蓝郁之和紫溯，蓝郁之眼睁睁地看着约翰用一把小瑞士刀刺了紫溯100多下，逼问她怪蛋的下落，她的鲜血流成了几条小溪，带走了她的灵魂，每一帧画面都刺激到他的每一根神经，令他痛彻心扉。

约翰正是挥舞着带有“杀凤凰”标志的胳膊杀人的，约翰并不知道当时怪蛋在紫溯的身上，她的鲜血渗进了蛋壳里，怪蛋原本是白色的，渐渐的变成了紫红色，而且光芒刺得约翰根本睁不开眼睛，也无力行动。

蓝郁之爆发力量解开绳索，抱着妻子的尸体和那个怪蛋离开了被绑架的地点，然后报了警。蓝郁之没想到约翰行凶那天是带着高仿真人皮面具的，根据他描述的罪犯的面孔，根本找不到约翰。

蓝郁之厚葬了妻子，然后想办法每天用体温焐这枚怪蛋。怪蛋破壳时，浑身紫色，很像凤凰，且随着她的长大，蓝郁之发现她的脾性、目光和妻子一模一样，一切都那么巧，他深信她就是自己的妻子，于是一直叫她“紫溯”。她长大后，变成了真正的凤凰，是世间的惊鸿一瞥。

小说看到这里，我才明白，原来蓝郁之一看到杀他妻子的人身上的标志，就会回想到那惨烈的场面，就控制不住自己的情绪，他便会爆发。这些都被茵茵记录在这本纪实小说里，看来她一直在关注着这一切。

蓝郁之原本是一个叱咤风云的、极具魅力的性格外向的商人，妻子和他一起白手起家，他们爱护小动物，为失去家园的鸟儿一起建小房子。

遭到变故之后，他发现紫凤凰的行为举止都很像妻子，他就整日和紫凤凰腻在一起，这一行为被同行人设计了，他们到处传播流言蜚语，说他有变态的人畜恋，整天学习鸟语，为此他遭到人们的歧视和嘲讽。紫凤凰为了他，离开了他的身边。他发现没有妻子，没有紫凤凰的日子，根本过不下去，他从此退出了人类生活，历尽千辛去找紫凤凰。最终他们相聚了，一起在非洲灌木丛生活。

我也明白了墓碑上的预知未来的字是茵茵写的。两次地点都是她隐身写的，茵茵想和我分享这个故事，却不告诉我她就是作者。

两个相爱的人，其中一个变成凤凰，妻子要丈夫过正常生活，选择放弃。丈夫却离不开她。我想，这就是茵茵的故事《紫凤凰》。因为蓝郁之的遭遇，让我也不再责怪他因为失误害了茵茵。

一年后，我又想起了美如仙境的凤凰树，再一次来到非洲津巴布韦灌木丛，来到他们的巢穴。

一个孤独的背影坐在巢穴里面，偶尔有几只冠翠鸟飞过，他才抬抬眼皮。是他，他还在等待紫溯的归来。

那个背影让我想起了房东老太太在长长的过道里留下的背影。人老了，说一句少一句；而心老了，还有什么好说？

这一年，他是怎么度过的？宛如一只失去了爱人的相思鸟，残余的生命力，只剩下无力的等待。

他看见我没有死，情绪有一丝波澜。他忆起往事说："对不起，我又笨，又冲动，没一点好。"我又得知他在这一年里，找不到紫溯，快疯了，了无希望。本想把茵茵写《紫凤凰》的事告诉他，又想到会激起他回忆往事，便不再想提这事了。我玩笑着打了他一顿，打着打着我们笑了，是那种难看的哭笑。他又说："你能带我坐一次飞机吗？我想感受飞翔的感觉。"我希望他能从失去紫溯的悲伤里走出来。我回答："我带你去坐热气球吧！"

我租了一个紫色的热气球，我和他一起乘了上去。它越升越高，地面上的一切看起来越来越渺小，空气也越来越稀薄。我和他一起站在热气球边上，看着肆意远离我们的一切，看天边云卷云舒。不久，他突然扭过头看向我，把脖子上的那个紫红色凤凰吊坠挂在我的脖子上。

"你这是干什么？这不是你最心爱的东西吗？"我低头看着这么美的吊坠，疑惑着。

"正因为心爱着，所以不能让它跟着我一起杳无音讯。"他答着，眼睛红了，精神萎靡。没有等我反应过来，他就纵身一跃，跳下了热气球。

"不要！"我这才发现上当了！他是要我给他一个死的机会！他这是想殉情！

我没有带飞行鞋，也不知该怎么办才好。眼睁睁地看着他向下俯冲，而我向上升腾，成为两个越来越远的端点……

就在最揪心的时刻，天边的云朵变成了淡淡的紫色，半边天幕也开始发紫——多么熟悉的颜色，多么让人惊艳的变化！我的心狂跳不止，将热气球降低了高度，它带着我见证了奇迹：一个肩膀以上是美丽的紫发女子，绚烂的尾巴是紫凤凰模样的凤凰人出现了，她在空中拦腰救下他，她还是那么温柔、恬静，他和她彼此深吻着，她硕大的翅膀展开时，好像一个天使。她优雅自如的长尾划过天际，又如一阵紫色的流星雨沐浴干涸的空气，她带他一起飞走了。

直到轻柔的云朵们褪却为原有的纯白，我才肯放过这片天空。真恨不能拨开天幕，看看天空之外，还有没有更美的天。从此，天空在我眼里，不再是渺渺如烟的白，而是随时可以出现奇迹的紫。

原来 2020 年 8 月 18 日那天，紫凤凰哭干眼泪，头顶开始脱落羽毛，是将要渐渐化成人的模样。

又是不经意出现的他——摄影师席勒将这一场景拍摄了下来。

我被这个场景深深震撼了很多很多年。不用画，不用写，不用照，脑中的这段场景被刻录成为幻灯片，每当我看到紫色，它们全都自动播放，幻化成那个场景。

兰之抹茶

被复制的女孩皮肤

一盏清茶，一轮明月，一抹幽香嵌入一片月色山情。

“碧云引风吹不断，白花浮光凝碗面。”唐代诗人卢仝这样赞美抹茶。对于抹茶我有着融于血脉的情感，咱研磨的不止是翠叶玉枝本身，更是祖祖辈辈的百年时光。

我的曾祖父贺兰之是位知名的民国抹茶工艺大师，他亲种叶片鲜嫩、做抹茶口感至佳的朝日、朝露茶树种，搭建树棚，待到榴月时，精心摘选最嫩、着露珠最鲜的叶片而搅碎、蒸汽杀青、烘干、梗叶分离、去除砂石、干燥、研磨等十几道制作工序，才能将普通的茶叶变成碧尘一般清香的微粉。

时任北方革命军政府副都督的施从云大将军对我曾祖父贺兰之制作的兰之抹茶情有独钟，不舍一饮而尽，边持白釉金丝边的茶碟细细品咂，边手不释卷地品阅北宋兵书《武经七书》。兰之抹茶一度成为民国高官贵族、名门闺秀在茶余饭后不可或缺的谈资和臻品。

谁能料到，起源于隋唐，流行于民国的兰之抹茶，看似波澜不惊，宛若邻家小妹的一款素茶，背后竟隐藏着不为人知的秘密！此时此刻，而立之年的我固守着眼前这间闹市区繁华商业街上二十平米的兰之抹茶小站，回想起一百零二岁的曾祖父临终前告诉祖父的那个隐秘的故事。

那是一个阴云蔽日的梅雨天，父亲扒在被雨水打湿的窗外，竖起耳朵试图聆听曾祖父给祖父的话语，祖母在窗外和着雨水流泪——连她都没有资格去听这个故事。

而在三年前，处在喉癌晚期、再也不能入食的父亲于弥留之际，用忍受着剧痛的嘶哑的嗓子，一字一句、口口相传了那个故事，说完后，他一口鲜血喷洒在了洁白的床单上，还有我竖起聆听的耳朵上。当时的我，感到耳朵湿黏得可怕，父亲垂下双臂的画面更让我的脑袋断了信号，嗡嗡作响，鼻头一酸，泣不成声。忆起他在我很小时就念叨，我儿子的耳朵真俊，俊得像元宝，更像纸匠折叠出来的一样。他严求我保密，我便成了唯一知道这个奇特故事的在世之人。

“老板晚上好啊，来一杯记忆抹茶。麻烦了哦。”

这句温柔得像丝袜奶茶般的轻盈语调打断了我的思绪，把我拉回到2017年的秋夜。

那个瘦弱的，总是在骑单车时被风吹乱长发的高二女孩又来了，别人总是三三两两的进来，她总是一个人来，但她给人一种甜甜的感觉，让人舒服。她用双手往颈后捋顺了些头发，而后坐下来，翻起小站的心情记录册，就像打开她自己的日记簿。

“呵呵，晚上好小夏，下自习了吗？”

“这不刚下就冲过来了嘛！我最喜欢这里了。”

初秋的凉风伴着丝雨潜入窗隙，转而吹向她稚嫩的面庞。她转脸看向身后边问话边悠然舒展茶艺的我，见到了一张抹茶蛋糕般圆乎乎的熟悉的微胖脸——笑起来眼角有清晰皱纹的萌叔。

记忆抹茶是我家主打的一款饮品。它的售价可不低，三十九元，而小夏已经点过五次记忆抹茶了。

“不换换别的？比如，玫瑰抹茶，或者巧克力抹茶？”

“不了，谢谢哦。”

冒着奶沫的记忆抹茶奶茶端到她面前时，她很快饮下一大口，“太好喝了，真香啊。老板，为什么我一喝它，所有生命里最愉快的记忆就全部涌现了？”

我思索了下，努力回答：“因为时光，兰之抹茶里嵌有时光的味道。”品兰之抹茶，像拥一座青山入怀，抹茶的翠绿色不同于普通绿茶的色泽，像是连绵的大别山，咂上一口，更似踏入了一座深呼吸小镇。

“原来如此哦。”她说时，不小心把抹茶汁喝到嘴角了，她用右手食指一沾，便抹掉了这绿汁。待她拿出餐巾纸擦食指上的抹茶汁时，她刚才触碰过的嘴角的皮肤被抹茶汁“复制”到了餐巾纸上，也就是说，洁白的餐巾纸上，出现了她的一层柔嫩的肉色皮肤，还带有细微的绒毛！我对这一奇特的现象早已心知肚明，一定是我在做抹茶时，疏漏了某个细节的环节，才会让兰之记忆抹茶的“魔咒”重现。我庆幸她没有在意餐巾纸上面的变化。

“额，餐巾纸借我用下。”我动作迅速，赶紧拿过她手中的餐巾纸，抖动着小肚腩，认真地擦起了前台的长桌面。

“哎哟，嘶……好疼！我嘴角好疼，疼疼疼，哎哟，老，老板，我嘴角这里，这里好像被人硬生生地摩擦了，皮快被蹭破了！热滚滚火辣辣的！”小夏捂着自己的嘴部，痛楚不安地站起来，我赶紧停下擦桌子的活儿。

是我的错！我忘记了，被抹茶汁复制过来的皮肤会跟主人身上的皮肤有相同的触感，刚才那么使用餐巾纸，那纸上的嘴角皮肤还有小夏的皮肤一定会疼，因为它们俩之间是相互感应的。

抹茶的配方，确有高科技技术的存在，我不否认，但这种科学技术一度被严禁使用。一定是我疏忽了。以后我可要小心了，绝不能让历史的悲剧重演！

当务之急，是处理掉餐巾纸上那块多余的皮肤！

我去了趟卫生间，使用了父亲教给我的方法：用火焰炙烤被抹茶复制出来的皮肤。

幽蓝中带有橘红的火光将餐巾纸烧成了灰烬，而那块皮肤也跟着消失了。我不知道它去了哪里，只知道火光一烤，问题迎刃而解。不知为何，我有不祥的预感，很害怕那个传了百年的故事重现。

等我走到店前，小夏已经不在店里了，我打开店门遥望，雨丝凉过我做的炒冰，像一张针状面膜，敷在我心之五官上。

阴云压城，狮子林被剪切！

今日是周六，前妻答应我每周六可以带走女儿，我准备带她去邻省的古典园林——狮子林玩，这是她念叨了数月的事，不能再拖了。

我和前妻的婚姻维持了十年，十年的时间，可以重新开始全新的事业，可以和爱人变成亲人，同时我感谢她把所有的青春都奉献给我，当她选择放弃时，我抱着亏欠、放手的态度给她自由。

她嫌我没出息、没情调，顽固地守着一间小店，不懂我对抹茶和抹茶甜点的热爱，一个男人的心可以很小，一家店一个女人一个孩子一辈子。我坚信平平淡淡才是真。她认为婚姻就该是一首轰轰烈烈的小诗，就像余秀华写得那样："但你还是你，有我一喊就心颤的名字。"我早已无法让她心颤了，但我不信十年后，她对新人的新鲜感还保存完整。

我认为，人生就像一杯茶，一开始，新叶浮在水面，日子久了，新叶变成旧叶，也该沉淀下来，安安稳稳的在水底，我们把自身的味道融入白水，时光像水一样有了颜色跟味道，而我们终究要发挥完自己的价值和使命渐渐老去，被时光浸泡得色泽暗沉、面目全非。

她现在嫁了谁，我毫不关心。

"喂？贺淞！我老公今天送妍妍去外语培训班了，你今天别来了！"

"你，你！"

挂掉电话，我的心失落了好久。站在碧桦别墅区大门口，高大的铁门像是一座牢笼把我关了起来，手中两张园林的门票和一杯香草抹茶像逝去的枯叶，落了下去。

一个陌生女人捡起了两张票和香草抹茶，不，她不陌生，长得像极了小夏，只是气质不同于她，难道是小夏的姐姐吗？她看起来和我差不多大，三十多岁。

她面敷冷色，在月光下似一朵迎风挺立的冰凌花，顶冰而出，倾泻寒气。她的眸光沉郁，若乌云昼聚，雨结空花，风翦飞絮，有些捉摸不定的颜彩。她从哀愁的唇角挤出一丝轻笑，如轻霭披散至山涧冰溪之肩上。

瘦弱的肩膀、民国风珍珠白的披肩，老上海花烫发式的装扮又让她有些像才女张爱玲，一副“万千离愁锁不住，百般劝归空留魂”的模样。

她的背影在曲路弯环间幻作群象，连绵成山，驮上了一个世纪的黄昏。天空啊，上一刻还锦织彤云万里，灿若朝霞，覆手便是斜阳衰草之苍凉。

还有她旗袍图案上一瓣一瓣吻向冰河的白梅，簌簌如雪，若一粒粒步摇簪上的流苏。梅花捧出一树云烟，琼枝玉蕊，似乎随时都将缥缈而去。

“走，别发呆了，我跟你去游乐园玩。”她从包装袋里拿出吸管，喝起了捡起的香草抹茶，翠玉色的茶饮含于她玫红色的果唇间，似是绿叶托住了花容。

“你，你认识我？”她的语调一出，我愣住了，这声音是……

“是我，小夏，别磨蹭。”

还是冷冷的语调，却有成熟风韵女性的魅力，有别于小夏甜甜的、纯美的感觉。她说着竟走回来，拽住我的手，带我向有阳光的地方疾步而行。小夏怎么打扮得如此成熟？还是她以前只是穿了高中生的衣服，或者是化了妆的原因？她又怎么知道我在这里，还牺牲一天的时光陪伴我？

晚秋送风，碧霄诗情，正如她的名字，夏晚秋。这是我在店里的心情记录册上看到的名字。不知眼前的她究竟是少女还是少妇，我陷入了迷惘中，总之，我不是坏人，会保持君子风度。

狮子林假山上的奇峰巨石，多数像狮形，或盘桓高涯，或回环低谷，带来一种禅宗意境，乾隆帝和《西游记》剧组的造访，更给它增添了历史人文气息。

“照好没？我看看怎么样！”小夏向我挥手。

“好了，真美。”我拿着相机屏幕给她看。

她始终拿着抹茶杯子的手忽然松开了，奇特的是，杯子没有掉下去，不受牛顿定力的管束，她的眼睛盯着杯口，纸杯在空中悬浮、旋转，景区内很多游客都驻足下来定睛看着，我有种不祥的预感。

一阵阵狂风从杯口急剧涌出，呈漏斗状，势头越来越浩大，把园林内的秋叶全部卷入空中，狂风飒飒，阴云密布。整个天空被墨绿色的阴云压制，仿佛只有一寸白缝在地平线上苦苦挣扎，一种世界末日的大片既视感涌现。

“轰！轰！！”一道道白色闪电伴随着轰隆的雷声把天空无情劈开，随后墨绿色的阴云下起了翠绿色的抹茶暴雨，淋湿了园林里惊慌失措的游客，他们全身都变成了绿色的“变相怪杰”，整片天空也弥漫着绿雾，好像办公文档里的大段字体被选中了绿色。大股香草抹茶的香气在世界尽情徜徉。

狮子林上空一根高压线被闪电击毁刮落，接地后的电线瞬间燃起熊熊大火，周边群众顿时慌乱后撤，此时警车和几位警察却迎着风雨、向着火场前行。

“选中了！开始剪切！”小夏清晰而大声地说着奇怪的话语，我拉着她的胳膊，叫她快走，她却像灵山大佛一般岿然不动。只是“剪切”不是电脑里的词语吗？左击鼠标拖动文字，选中时出现大片蓝色，再右击鼠标，被选中的文字就可以进行剪切，被剪切后的文字，就消失了，可以在其他地方进行粘贴。

我还没想完，转眼之间整座狮子林和游客全部凭空消失了，只剩下光秃秃、视野开阔的一片荒原，看不到尽头，只剩下我和小夏！我的腿开始发抖了，她的眼光骤然变得好像极寒地区的冰原狼。而周围的狂风也静止了，天气干燥无风，让人不舒服。

这一切仿佛真的被剪切掉了！它们去哪儿了呢？！我的世界观在这一刻被彻底颠覆了。我想起清朝道光年间，福建省晋江市的一个村庄，一千多名谢氏村民凭空消失的事件，当时官府也记载了这些村民确切的出生日期，更离奇的是，在道光晚期的某一天，这个村庄也完全消失了，这些村民更是一个都找不到了。

“小夏！小夏！是你！这是不是你干的！你要毁掉这个世界吗？！你究竟是谁？”我浑身颤抖着，想掐醒自己，多希望这只是一个怪梦！

“别误会，我只是在做实验，你会希望我成功的！”

“你放屁！你到底是谁？”

小夏紧张地走近我，用左手食指对着我的额头摸了一下，我顿时感觉脑袋空空的，像是被清空了，头也好晕，眼皮被灌了铅似的，好想睡一觉，紧接着就失去了知觉。

民国往事，被替换的时光

我在店里醒来，感觉昏沉了一个世纪之久，好像做了一个梦，但梦的内容完全不记得了，有种短暂性失忆的错觉。

强烈的午后阳光透过我家“兰之抹茶小站”，我给窗台上的多肉绿植“芙蓉雪莲”和“玉蝶”浇水。我习惯性地看了下手表，手表竟然停住不走了，我的手表是父亲从德国买给我的太阳能表，有阳光就会走，怎么会坏了呢？我把手表摘下来，放在阳台上晒着。看这阳光，二中的学生应该已经放学了。

我看到店里的日历，竟然是民国时期的旧日历，是谁替换上去的古董？上面显示的时间是1937年12月13日，我慌了，这是一个对中国来说极为不祥的日子。国民党军在保卫战中失利，首都南京在这个日期沦陷，紧接着就会有长达六周的南京大屠杀。

我推开门，外面的世界简直是世界末日，炮火连天，尸横遍野，日军所到之处，就是杀人。我穿越了？

一个鬼子见到了我，上来就是一刀，我以为自己铁定会被砍死，可奇特的是，一杯兰之抹茶自行倒在我头顶，谁这么缺德？神补刀啊？被淋湿头发后，我突然看不见自己了，也摸不到自己的身体，只有思想还在。我是死了吗？

鬼子也呆住了。“八嘎！”他气急败坏地对着我身后的奶茶器具一顿撒气，我赶紧去拾起它们，准备把瓶瓶罐罐抱在怀里，它们是我最好的朋友，可我只能用意念把它们集中在一起，没有手脚和身体，无法揽入怀中。

失落之际，我又灵光乍现，偷偷在鬼子的脚下洒了一些油，他果然一脚踩上去，跌了一个狗啃屎。“哈哈哈！”我不禁笑出了声，好久都没恶作剧了。

一个熟悉的声音出现了，“贺淞，你听着，是我，小夏，我把你选中，换成和空气一样的颜色了。你现在快去再做几杯兰之抹茶，记住，要加兰之抹茶的绝密配方。”

“所以，你的皮肤被复制，你是知道的，配方是你偷偷加上的？还有，我们穿越了吗？”我的记忆还停留在用火焰炙烤被抹茶复制出来的皮肤的那个晚上。我看不见自己，急得团团转，也转不出任何身体部位来，只有轻盈的思想在空中飘浮。

我也看不见小夏，她也隐身了，“是，是我做的，要不然兰之抹茶怎么会又爆发出你曾祖父那时的功能？现在，你只是被超能银河计算机以‘替换’功能替到了这里，你的兰之抹茶小站，现在从门面看是 1937 年的一家烧饼铺子。你们之间互换了，懂吗？”

我非常激动，而且焦虑至极：“什么替换不替换？你神经病啊！你为什么要害我，你想我死啊！”

“超能银河计算器的启动程序之一，就是用兰之抹茶把要选中的人淋上。现在，你想把这些该死的日本鬼子给替换吗？”

“想啊！中国三十万具遗体必须血债血偿！不过，你快别把我隐藏起来，看不见自己的感觉真他妈的难受！”我痛苦地说着，看着我的抹茶小站被鬼子摧毁，感觉比死还难受。

“好。你先做抹茶，然后我复制大量的抹茶，把这些鬼子选中，你说我把他们跟什么替换？”小夏兴奋地问。

“猪？不，太便宜他们了，蚂蚁吧！这样好踩死。不，不行，蚂蚁那么无辜，换成我皮肤上的污垢吧！晚上洗澡把它们给搓死！搓搓搓！”想到这里，我开始佩服自己的才华。

“哈哈，好主意呢！”

我坐电梯来到我家所在的十楼，正舒服地洗澡的时候，突然听见外面簌簌的雨声，原来是下大雨了，外面电闪雷鸣，我触碰了热水器电源按钮时，被漏出的电击中了全身，好像有一个异体的灵魂窜入我的身体，我麻木得像是被打了麻药，且疼得要命。我身上黑乎乎的还没有冲洗掉的“长条条”们，转瞬之间都掉了下来，因为这些污垢有了重量——它们因为电流而扩大了体积，变成了锡兵大小的日本兵活体！

他们用手中的刺刀将我的腿部划下一道道伤口，痛得我赶紧鼠窜而出。

刚一开门，就见小夏在门口等着我。

“我触电了！怎么办？抹茶可以解决吗？”我焦急地问。

“超能计算机系统控制的事物，遇到外界电流是会导致计算机自身紊乱的。你也太不小心了。”小夏眼中噙满泪水，她接着说：“马上我可能就要报废了，我其实是就是银河超能计算机。1999 年，国家科学院的何教授秘密发明了我，我曾经掉入海里，所以遇到电流就会有异常反应。你可以在我临死前，吻我一下吗？”

我呆住了，她竟是一个机器人，难怪她可以一会儿是少女，一会儿是少妇的打扮。她此刻提出这样的要求，莫不是爱上了我？

不管怎么样，机器之将死，其言也善。我毫不犹豫地环住她的腰际，对着她可爱的唇瓣深深一吻……

她的身体开始抽搐，四肢在上下不受控制地抖动，电光火石，四处迸溅，她的头脑低垂着不停地三百六十度摇晃，而她还是坚持向我的屋里艰难地走去，她一手抓起地上乱跑的微型日本兵，让电流一起穿过他们，我的胆小、懦弱顿时烟消云散，我坚定地走向厨房，双手拿起两把菜刀，对准目标砍向那些绝无人性的恶人，他们却越来越多，体积越来越大，都怪我，触碰了电源，大不了一死，人生自古谁无死呢？

小夏的左胳膊突然爆裂开来，露出了多种颜色的电线和按钮，接着她不受控制地来到了十楼窗户边，右手像铜墙铁壁一样一拳打碎了窗户，然后张开脱落掉洁白光彩、已是银闪闪的钢牙，一口咬住玻璃，大快朵颐地撕咬、吞咽，嘎嘣脆的声音，好像是小朋友吃饼干那么简单，可我听着那么刺耳。我感到小夏的痛苦像是这满地血潮扑向命运的沙滩，我好想哭。

兰之抹茶的那款记忆抹茶，是她最爱的味道。我笃定地来到厨房，开始调配记忆抹茶，当浓浓的记忆味道传入她的鼻息时，她暂停住了。一动不动地坐在窗户边缘，我穿越过那些大大小小的，企图绊倒我的日本兵，想起因为他们，身处血色天空下的中国，感到他们对不起这一身身绿军装，他们不配。

来到小夏面前时，她已经静止了大约一分钟。我把记忆抹茶，一勺一勺地喂到她的口中，尽管她不是那个现代的腼腆少女，而是八十年前的旧中国的一个机器人，满嘴钢牙，而且每喂一口流一地。

此刻日本兵们的身体已经扩大到和我一样大的真人大小了，他们一个个如狼似虎地看着我。我临危不乱，闭上眼睛，品了一口记忆抹茶，“好香啊！”

再睁眼时，十几把利刃明晃晃地像是探照灯一样刺了过来。我已经做好了准备。而小夏忽然间起身护住我，这些利刃刺在她的后背上，她的脊背冰凉，却像寒冬里温暖童心的刺花一样绽放。

“小夏！”

一声惊呼，我再次睁开眼睛，眼前是熟悉的兰之抹茶小站的天蓝色天花板。我的脑中回闪着曾祖父给祖父说的故事，不就是类似刚才的奇谲经历吗？

一个笑容明媚的少女笑靥如花，正逗趣地看着我：“老板，我放学啦，你是不是梦见我啦？”

我冲出店外，看见外面的世界还是2017年，大舒了一口气，只是觉得屁股后面有点重。

“是梦！刚才是梦！太好啦！”我看着小夏稚嫩、圆润的脸蛋，那么有弹性，怎么可能是机器人呢？

她却用一种很怪的笑容看着我的眼睛。

我低头一看，她的裤脚下面是空的！没有脚！吓死我了！

“你，你是鬼啊？！”

“我的脚现在就长在你的屁股后面，你自己看看！”

我一摸屁股，真的有一双脚，它的脚趾自己还在乱动呢！闻起来还有点儿酸臭！简直比刚才的梦还可怕！

“到底怎么回事，小夏？”

“刚才不是梦！是你用记忆抹茶救了我们，我们穿越回来了。原来记忆抹茶可以自动修复我的程序和系统，哈哈！所以我们可以从 1936 年的时光剪切回来。而我刚才把自己的双脚剪切到你的屁股后面啦！”

“所以，所以你不是人。是机器人。而且，你喜欢我，对吗？”

“我知道，你不会喜欢我的。我们身份有别。但是我求求你，别阻止我喜欢你。”小夏盯着我的眼眸。我被她看得不好意思了。

“再，再见。我害怕我再来这里喝奶茶，就更加无法自拔了。不要告诉我答案，也许有一天，我可以变成人，那时候我一定会再来找……”

“找你……”

小夏说完时已经泣不成声了。我看着这个一点儿也不机械的背影，用长勺调着温热的记忆抹茶，哽咽到世界模糊……

地球半月形

我们的韩老师说：Swift-Tuttle（斯威夫特·塔特尔）彗星正以光速撞上我们的地球，斯威夫特·塔特尔彗星的固体核心与造成白垩纪—第三纪灭绝事件的大小相似，在发现这件事之前，它的存在已经成为全球天文科学院最为关注的事。那时候我们这颗可怜的水蓝色星星的外衣很可能会被迅速剥离，我们穿着外衣——微薄的土地，游荡在天空，升腾到云朵的高度。地球，失去原序，地球大地，将要分割分离。

我们人类难道也会像书中所猜测的那样，在白垩纪—第三纪的时期，因彗星撞击地球而灭亡吗？

这是真的吗？我不敢相信这是原话。此刻的我，坐在一间简陋的教室，可是我们其乐融融，我们的心正蓄电。因为我们有一位难得的好老师。可是他即将离开我们了。

"今天晚上会有最后一堂地理课。地球的心扉已经被人类污染，但是不能阻止它强大的净化功能让它蔚然。我们的地球是类圆形的，有着月亮的圆盘状，但不是完完全全的圆。"

地球还这么年轻，就要陨落了吗？它会到哪儿去？被黑洞吞噬吗？

韩老师说着他的离开理由，想在地球毁灭之前和家人团聚。可是我的心思好像月牙一弯，一直悬着，钩沉着地球的命运。

老师今天破天荒地使用了我们山区孩子都稀奇的投影仪，投在"黑板”上。我们的黑板是一棵粗壮的榆树，老师平时在它的身上写字，写完用稍微湿的抹布擦掉。它生长在屋子里，和我们一起上课，与其说它顽强，不如说它固执。

老师拿着一块白布帘，用绳子把它拴在“黑板”的脖子上。山区里没有网络，老师从城里带来了移动网络连接器，供我们上课使用。

联网以后，让我们看关于地球的外界消息。在国内外大小网站甚至是政府网站，看到的都是大家对于地球的关心和讨论。一位法国街头艺术家在街头挥笔画下名为《“珍爱”地球》的画作，而一举跻身欧洲名画家行列。在这样的特殊时期，时评人的社会地位一跃而上。他们都一致斥责战争：停止你们那该死的争执！血液流完了，时间浪费了，你们什么也没有留下！地球都要覆灭！我们的时日也不会长久了！

正在跟读者说话的我，叫路小小，一个活泼的女孩。今年 9 岁了，刚好上三年级。我们的地理老师平时很幽默的，可是他今天严肃而笃定。我们是山西省吕梁地区兴县山区的孩子。老师放弃城市里优越的环境，从 23 岁教我们这个山区，直到 38 岁，他年轻的容颜已经不在了，他皮肤上的皱纹好像丛林里被砍伐过的树桩的年轮，一圈一层，蔓延无际。

“小小，你在发呆吗？”听到这句话的时候，我的同桌二牛，一个一向安静的男生拽着我的衣角，把我从一篇小说的叙述主角中，拉了回来。

“地球被撞击前，大家会看到火流星，它们的亮度直逼金星，但它们更加壮观，比看流星过瘾。近期地球上这样的现象会越来越多，而我们的地球也将在这广袤播洒夜空的美丽蛊里，离开我们，被撞击开来的碎片会分散在银河系无人可觅的角落。”

韩老师又说：“在 38—41 亿年前，后期重轰炸期的小行星撞击极大地改变了地球表面环境。地球是在灾难中演变重生的，可是几十亿年的演变中，万化千变，只有这前进规则依然未变。”

很快就要迎来日全食了。接着罕见的火流星就会爆发，也许这是地球最后一次借来献礼我们的最美烟花了。在地球离开之前，我们还能借助它领略生平最壮观最惊艳的天文现象。地球，似乎是要给我们留下最后的记忆桥段。文人们，用尽溢美之词，围绕它度过最后的时光。

还有一些事情是美梦一样的存在，就如日全食，就似火流星，对于天文爱好者来说，夜夜渴盼。然而，当接下来很多个日子都要适应的时候，我们还会如初见那般兴奋吗？

很多我们苦苦挣扎的事情，会在某个时间，突然之间水到渠成。比如韩老师夹在家庭和教育之间，而只有面临死亡、灾难的时候，他才知道珍惜和家人团聚的时间。人总是在想，还有的是时间，还有的是时间，可是，一转眼，就到了弥留之际。

韩老师挣扎多年后，总找不到胜出关爱我们这些匮乏教育条件的孩子的理由去实现回归家庭的选择，原来人生只有面临不一样的际遇才会下定决心。即使，他已经风华不再，可是他已经成为我们贫困山区校园心尖上的一扇金贵门楣。

地理知识，会随着我们从地球上剥离开来，而颠覆吗？地理就是地球理论吗？老师离开后，我们对于地球生活的憧憬会变为一片黑白记忆吗？

我的内心独白太多了。爱幻想的女孩子就是这样，外界热闹的时候形单影只，独处的时候内心的话都赶集似的挤在一起。

夜晚的火流星好像一台喷雾器里迸发的金水滴，在冲洗着白昼柔滑的皮肤。我们是窥探这场淋浴的觅食者。然而那个将掀起的白昼之窗拉上夜之裙帘的，是日食，这是老天进入秋乏的面容，面露倦色。

“韩老师，带上我们吧！”韩老师坐着驴车，在山区小路颠簸着加速倒退向学校的时候，他发现有三三两两的脚步好像恨不得用一把有魔力的剪刀，剖开这崎岖不平的山路，直抵自己的身影。

韩老师低着头盯着被阳光拉长而“长高”的人影，眼睛突然发现了我们。

“小小、二牛、阿瓦，你们怎么？”韩老师双眼噙泪问。他被风吹乱的草窝似的天然卷发，让我们想，让我们念。阿瓦是我的好朋友，一个勤劳、刻苦的漂亮女孩，和我的普通相反。

“老师，我们都想跟您一起，看看外面世界的山河风景，就这最后一次。”我憧憬着。而大家也用渴望的眼神看着韩老师。

韩老师说：“我们的理想很快就会实现。我先带你们去一个地方。一起来面临地球将要离开我们的时刻。”

那时候，也许如老师在课堂所描绘的。地球上大约一千米深的土地会腾空而起，与地壳、地幔、地核分离。我们随着一层仅有的土地，在宇宙中漂浮，靠着仅有的资源存活，预计这些资源只够人类消耗三到五年。除非地球，再次回到我们的身边，但这种可能性是微乎其微的，这就好比一个破碎的花瓶碎片会进行自我修复一样，只有时间倒流，再改变小行星撞击地球的事件，才能有回来的可能性。科学家这次计算的行星撞击地球的事件结果，应该同未来的事实仅相差毫厘。

韩老师看看萧萧落木的深秋，对我们三个说，环境的力量不可小觑，它会改变人，会造就人。

小草因为居山之巅才能和云朵齐眉，俯瞰苍生。而平地里的小草一株株被一些人肆意践踏，仰视头顶的繁盛时，它物的阴影笼罩其间，看不清广袤的世界。

叶子置身两层薄膜之间就是标本，而把叶子安憩在树枝间错落生长，它就是一整片森林。

夕阳在水涧面前，她能使微波泛起粉色涟漪，荡漾在侧。只有在你爱的人面前才会不经意的将脸颊羞红。

一杯啤酒在杯子里，只是数两啤酒，因为他的视野、环境被局限在小小的容器里了。如果现在这杯啤酒被倒入大海，那么啤酒就变成了海洋。人也是这样，不在于一个人本身潜质如何，而是他愿意把自己放在什么样的环境里。

曾有一个冰冷的山洞，人们为了探索它而在山洞里点燃一支蜡烛。人们发现连周围的蝴蝶也围在蜡烛身边。而蝴蝶是不喜欢灯光的，却因为特殊的寒冷的环境，而改变了蝴蝶的习性，这就是环境的力量。当我们赖以生存的家园遭遇不幸的时候，人类又以怎样惊人的转变来适应呢?

我们认真地听着，坐在驴板车边上的韩老师突然站了起来，因为他觉得我们坐在一起空间挤，想给我们让点儿空间。他的个头不算高。一米七一的个头，脸型长得很像湖南电视台的某个男主持人，灵动，到哪儿都带来朝气。我们都拉他坐下，这样颠簸的路程，他若是一直站着定是站不稳的，还不如坐下，免得我们担心，挤挤也就更团结一心了。

我们一路辗转来到太原火车站，经过两天两夜的时间来到了云南昆明。老师说，书里写的云南的天空，纯净得不掺一点儿杂质。

在昆明，首先路过的是城市的紧密布置和锦绣繁华的面貌。随后老师有目的性的带我们去博物馆，在博物馆里我们看到了宇宙模拟器，先进的 4D 技术让我们看到了深邃浩渺的宇宙星河。

我们还没有来得及欣赏这里的沁心山茶、高山深涧，就要迎来地球史上的巨大变革——一次史无前例的生命覆灭手册，即将惨烈谱写。

人类越来越惧怕小行星撞击地球的历史重演。一个月内竟然诞生了十五部灾难影片，竞争假期院线上映的时机。在一部叫作《地球，流离失所了》的电影里，出现了一种奇幻又可怕的末日画面：那由于下雨而枯叶贴服满地的梧桐竟伸起懒腰腾空浮起。大地在心平气和地震颤，迸发史无前例的七彩岩石，没有想象中的山崩海啸。

可是我们地球的土壤在与地核剥离，平日里所说的地动山摇，又岂能跟一颗星星的自体分离手术相提并论？地球没有了地核，我们将会面临什么样的困难？屋外会有酸雨带着婆娑泪眼肆意漂泊吗？会有星外生命借此利用地球生灵吗？

韩老师最近总是有着发愁的神色。我们也都意识到了，我们三个孩子加上他，四张嘴不能只靠他一个人。但韩老师好像看出了我们的心思，语重心长地说：“孩子们，老师只能带你们几天，随后你们还是要过回自己的生活。今天老师带你们去云南大学玩，找一个人。她外表有些怪有些孤僻，举止有些难以理解，但心是好的。”

来到大学校园的时候，远远的我们看到了一个穿着破旧的女人，她正拿着抹布擦云大的垃圾箱。

“云大里连清洁工都很勤奋。”阿瓦欣赏地说。二牛呢，他依然安静，无论看到什么都比较淡定。我，自认为是心思多一窍的孩子，远远地注意到云大的学生都对她鞠躬，我想，这必然不是一般的人。

“雨教授好。”两名男生向她问好。

韩老师从口袋里掏出手机拨打电话。而这位很像清洁工的雨教授接了电话。韩老师就站在她的附近，居然没有认出她。

不过，也难怪。一个青年女教授，蓬着发型，打扫卫生。要是其他教授，必然不愿意，觉得会失了身份。

韩老师对她微笑。她有些不理不睬的，良久了，说：“你回来了？”

“我回来了！老婆！”说着韩老师既高兴又诧异地看看她油的发亮、发簇成柱的蓬乱发型。

这对话很熟悉。或许这是特别熟悉彼此又分离太久的爱人的对话。

“你终于回来了。我们回家。你的这三个学生很可爱。”雨教授，哦不，雨师母说的话，顿时让我对她有亲切的好感。也许，每个人都喜欢被夸奖吧。

“老师好。”我们三个向雨师母问好。

“你们好，我已在电话听说了，韩老师想带你们来云南玩几天，这些天就住在我家吧。”雨师母温柔地说，我觉得她跟韩老师一样，人很好。

原来，他们是两口子。我和二牛、阿瓦这才惊奇的发现。一个女人没有丈夫的陪伴，会把自己变得这样不堪吗？还是因为和大部分地球人一样，因为得知地球快要毁灭，而失去对生活的信心？

雨师母开一辆军绿色吉普把我们送回她和韩老师的家。

在路口等红灯的时候，雨师母拿出一块蓝色的抹布，对着方向盘开始擦拭。我注意到了这一点，她很爱干净，唯独对自己……

我们三个贫困山区来的孩子，头一回看见这么漂亮的城里的家，感到很兴奋，这里的每一个角落都很干净，很唯美。由于一路上很累，晚饭过后，我们很快睡觉了，没有别的活动。

午夜，冰蓝色窗帘被夜风撩起来，好像在窥视着什么，它又嗖嗖的响，似是受冷后吸鼻子的孩子。

我被这股风刮窗帘的细碎的声音吵醒了。我想去上个厕所，看到了旁边房间的门是半掩着的，细碎的声音从这个房间里传来，原来是房间里的人没有关好窗户。我看到了韩老师 10 岁的女儿韩香，此刻应该是她的沉睡期，我注意到，她翻滚的眼珠似乎化作城市里所有睡者头顶所在楼上的弹珠，它们跳跃着，跟随梦境奔跑，呈现抛物线的优美弧度。

窗外一株宁静的合欢树上的花绒来回摇摆，好像被鬼魂的脚步轻轻踹。

风渗进了韩香的闺房，她枕边的一本《星系天文学理论》被翻开，一页页白纸黑字，被这无形的手指翻得尽兴，在翻到其中一页的时候戛然而止，只见一个有着光滑而看似黏稠的玉绿指甲的手指轻轻伸向了她的枕边，把这页按了下去。

我吓得大气不敢出，一动也不敢动。这是什么怪东西?

随后，黑得像无底洞一般的硕大眼睛从韩香的床底缓缓的露出，这只眼睛没有眼睑，没有睫毛，对，就一只，就像新浪网的标志。

它有晶莹的瞳孔，能看出它的视线挪在了第 167 页上，它的眼珠快速地扫动着数行文字。它的手指甲在字里行间挪动。

韩香翻了个身，那只眼睛和手指立马缩了回去，她睡着的面容上流下了两行泪，经过鼻梁和耳际，大概是她梦见了伤心的事，霎时一缕细柱形的绿色的光凭空出现，用无形的力量托着那两行泪，它们又以相同的速度回溯，神奇地倒流进了她的眼眶里，这一过程很像摄像机在倒带，绿光完成任务后微弱至消失。

我吓得憋着尿，心想刚才那个怪物是什么东西？我着实不敢上厕所，愣了好长时间，才拿起鞋拖，踮着脚，回到自己的床上。到天亮才去了趟厕所。

天大亮时，穿着淡西瓜红与乳白相间颜色睡裙的韩香翻了个身，张开眼睛，伸伸懒腰。拉开窗帘，竟然发现窗外的草坪和合欢树上竟然是焦黑的一大片。而窗户护栏也被熏黑了一部分。

她倒吸了一口气，发慌起来，她打开自己的房门，向雨师母的房间跑去，敲着门喊：“妈！”屋内没有回应。她扭转了房门的把手，里面没人。她又赶紧摸起家里的座机拨了雨师母的号码，焦急地说："你怎么星期天一大早就不在家？家外面的草坪被烧焦了！"雨师母说："我去学校了。你爸回来了，有什么事找他，我中午就回来！"韩香说："爸？他走了那么久，还是我爸吗？妈！我害怕！你快回来！"雨师母挂了电话，找到家钥匙，准备出门探探邻里们的口风。

"韩香，你要出去吗？外面很危险，别出去。"韩老师对女儿说。

"你还不是一年到头出去？你来，我走！"韩香不客气地对韩老师说。我和二牛、阿瓦站在一旁，觉得这样的话不可理喻。

"不要走！是爸爸对不起你们母女，爸爸错了，爸爸跟你说对不起。"韩老师突然蹲在韩香的面前，握住她一双细长的胳膊说。

韩香却任性地甩开他的手说："我不认识你！"

气氛尴尬得像冰雪落在了篝火里。

韩老师一脸心痛的模样，我看了很心疼老师。

大清早，天气却突然慢慢变黑了，比最阴沉的暴雨前奏还要黑，韩老师和韩香顾不得发生争执了。

韩老师之前说过会有日食，所以我并不是特别讶异。我放不下的是，那个外星人看的书的内容。于是趁着韩香的注意力在天色上面，我到她房间拿出《星系天文学理论》，我反复的翻着书页，发现其中一页的三行字上有着明显的指甲印：

> 据英国《每日邮报》2013 年 6 月 19 日报道，牛津大学的科学家们表示，通过对比火星陨石和火星岩石成分，他们得出结论：早在 40 亿年前，火星的大气层中就富含氧气。这也就意味着，火星上出现氧气的时间比地球要早 10 亿多年。

天空变得伸手不见十指之时，又出现了成群结队的火流星，极为壮观。我们惊讶的发现，天空出现了大型碟状 UFO 飞行器，并不断以次方的数量分裂，我想象着，它们一定很快占据了整个地球。地壳开始裂变，我们脚下的木地板和头顶的天花板都四分五裂。

韩香脚下的地面极速龟裂，地缝也越来越深，眼看她就要掉在这深渊似的地缝中，韩老师不顾危险用身体当桥梁，架在这扩散得越来越长的地缝中说："韩香！快站在上面，再跨越到安全的地方！"韩香愣了一秒。我和阿瓦鼓励她："快点过来！不然你和韩老师都会死！"韩香小心翼翼地踩上韩老师瘦弱的背，二牛勇敢地伸出手把韩香拉到安全的地面，二牛又找到晾衣杆，我们四个攥紧它，让韩老师的手拽住它。韩老师拽住时，地面裂开的长度已经快要比他身高要长了，他整个人就像被大自然坠钓在悬崖边的鱼饵。我们四个孩子用尽全身力气要救韩老师上来，可是我们的力气实在太小了！

韩老师紧张地说："你们快松开，不然你们都会被我连累掉下去！"

"不——松——开——"我们大声地告诉韩老师。

我们怎么忍心松开，我感觉到自己的泪水在眼眶里肆意地翻腾。韩香的嘴唇在瑟瑟地抖动，我猜我们每个孩子的喉头都已经因为哽咽而发疼了。

千钧一发的时刻，一缕细柱形的绿色的光出现了，它把韩老师凭空托起，韩老师和我们都看呆了。而我兴奋地说："是它！是它！"大家不知道我在说什么，可是这束光是我昨晚就看到的。

韩老师被托举到安全的地面时，那束绿光消失了。这真是奇迹！

"爸爸！！"韩香可能是因为害怕极了，抱紧韩老师，喊了这声撕心裂肺的爸爸，而韩老师的一只手把她紧紧的搂住，另一只手护着我们三个学生。我们都还是孩子，因为感动也因为害怕，忍不住号啕大哭起来。韩老师紧紧地抱着韩香、我、二牛、阿瓦，并且告诉我们不要害怕，有他在。我又抬眼看到外面的巨型 UFO，这才想到，昨晚和今天的那个怪物，一定是外星人！

我们头顶的房子被 UFO 吸进了飞船，而我们也感觉到身体被一股向上的力量吸住，不断的向上，这种惊惧的感觉，像地震，像龙卷风，像火山喷发，像海啸……

"为什么！彗星撞击地球还不够吗？还让外星人趁火打劫？！去他妈的彗星！去他妈的宇宙！"韩老师悲愤到指天骂地！

不知道过了多久，我们好似被吸到了一个封闭的黑色空间，什么都看不见，应该是进入了UFO吧，里面呼吸困难，拥挤而难受。

等到再看见光线的时候，我们已经到了一块陌生的土壤。悬浮在我们头顶的UFO不断地往我们身上释放氧气，供我们呼吸。

环顾四周不仅是我们四个人，还有成千上万的、数不清的人类。我肯定地告诉老师和伙伴们，这里是火星，因为昨晚有外星人翻了韩香的书，他看到了关于火星的内容。韩香听到时吓得失语了。

我们在火星上，看到了一颗蔚蓝色的星球，而它的不远处，有一团拖着尾巴的白点冲向它，它危在旦夕！没过多久它被撞击掉了一半！它是我们的家——地球！它从类圆形，变成了半圆形，就像蓝色的半月形。这个结局颠覆了我们之前所有的推断和想象。

此刻我们也了解了火星人的苦心，他们是为了救我们才把我们带到火星上的。

如我们所想，大约十天后，UFO把我们送回地球时，地球已经颓靡不堪。UFO和外星人远去时，我们心生感激，决心重建家园。

韩老师带着我们四个孩子一起找雨师母。她在哪儿呢？韩老师发疯似的找。很多人也失散了亲人，结成了寻亲互助帮。韩老师在这个强大的互助帮里，找到了雨师母，她还是像最初我们见到的那样，拿着抹布，擦着废墟里破败的建筑。韩老师怕我们不理解，对我们说她有清洁强迫症，每天必须要清洁五个小时以上，不然她会很难受。

雨师母见到韩老师，告诉他，以后你不可以再离开我们母女半步，我不要一年中只有过年才能看到你，山区的孩子可怜，你的孩子和妻子就不可怜了吗？韩老师低下头答应了。

我本以为，地球重建后，韩老师会离开我们。可是地球经历了这场浩劫后，不分城乡了，他能熟练而迅速地在室外搭建简易的课堂设施，教授我们及其他失去学校、教室的孩子们上地理课，就像之前他教授我们一样。

只是，当他讲到地球形状的时候，改口为：地球半月形。

回家的星星

2020 年 11 月 30 日，占星星徘徊在黟市百层摩天大楼的天台上已经两个多小时了，他并非不敢往下跳，而是知道这样做无济于事，他只是在思考自杀的办法。这天清晨，他随意地纵身一跃，脚尖就似被撕下不干胶外皮，牢牢的固定在一根高空电线上，麻雀们惊飞四方。由于重力和惯性作用，紧绷成直线的电线松弛下来，驼成一道弧线，来回荡漾。

“我必须回去！”占星星瞄了眼自己手腕上类似手表的、发出蓝盈盈色泽的生命计时器，俯瞰地平线上初露头角的太阳呐喊着，从弧线上用力弹跳，使身体继续下坠。

占星星身披一袭银袍，袍下乳白色紧身连体衣，鱼鳞黏着鱼皮般，在他闭上双眼冲向地面时，银袍在空中哗哗作响，如一面伴有高歌的旗帜，让他聆听自然的律动。他希望自己不再具有意识，去面对这个于他来说了无生活意义的旧世界。

他银白色的硬如松针的发丝下，衬托着他年轻却厌世的面容，肤质细腻白嫩，在虚化的镜头下看不出一点儿瑕疵。梯形眉毛呈现淡淡的灰，一如沙漠里稀疏的小草；深陷的眼窝似乎要把他的细长双眸埋葬到一个遥远的星系；鼻梁不是一个斜坡一直到底的，中间高出了两厘米，似存在着被埋进雪山的一株冰莲，路过的旅人不易发现，但可以感受到这股冷冷的清香，如果探索他鼻息下的两股冷空气，一定可以顺手拿走一串摄魂冰珠来；他唇瓣发乌，牙齿稍黄，自从他不小心误入二十年前的2020年时空，唇齿被他关了禁闭，上了密码锁，除了呼吸和他认定非说不可的话，什么也撬不开它；凡人的耳朵在这个初冬被冻得通红，不过由于他强大的身体机能，他宽厚的耳朵不受严寒的侵袭，他的耳垂偏大，打了六个耳眼，但他找了一百多个城市的商店，都没有他喜欢的耳钉或耳环，于是耳垂空洞着，孤寂着。

距离地面不到两米了，浑身银色装扮的他，像一颗流星极速飞驰，直到屁股先着了地，不过这两瓣肉很快反弹了起来，将他在空中翻了个身，手脚四肢昆虫般轻盈地落在柏油马路上。

他毫发无伤，不受地球引力的作用。

一位中年记者偶遇这里，见到这逆天的一幕，在他的黔市记者群里一吼，四面八方的闪光镜头就对着占星星咔嚓咔嚓追个不停。占星星鄙视一百年前落后的人类社会，一心想自杀。

他想回到未来。他现在应该是2040年的人，那里才是他习惯跟依赖的归属地。只有自杀，濒临死亡的一瞬，他才能穿越时空，回到2040年。

怎么寻找死神，并且强吻他，却是个难题。

因为十五年后的人类，被规定从出生后一个月起就打万能针，每个月一次，成年人也要每月打一次，这种针能让人类霸有一万五千多种生物基因的优势，使人的极限寿命达五百多岁，除非到了年龄，人才会死去。

对于占星星来说，寻死还真是个脑力加体力活儿。

占星星路过一家玻璃厂，轰隆的机器声使他有了新灵感。

他躺在了切割机下方，微笑着等待机器把他砍得血流成河。

锋利的刀刃足有一人之长，一刀下去就可以把人砍成两半，在阳光的照耀下，刀面刺得人眼恍惚。

“咔！”

占星星真的被对半砍了下去，他却没感到疼痛。他的左半边身体从流水线上摔到地面，摸不着自己右边的身体，心想，这下就要必死无疑了，他兴冲冲地用一只腿往前蹦蹦跳跳，可还没有走出几步，就发觉身体紧绷，青筋突出，一种蓄势待发的感觉。不一会儿，右半边的脑袋就再度生长了出来，紧接着是肩膀、手臂、腰身、大腿、脚踝、脚趾。重生的皮肤比从前更柔嫩白皙了，好似婴儿的皮肤。只是衣服被切成了一半，恢复不了。

他旋转了一下手腕上的生命计时器，蓝盈盈的光变成了白色的屏幕，自动放大了五十倍投影在墙壁上，接着上面显示出了网页，他网购了一套同城的蓝色牛仔衣裤和鞋袜，然后把页面旋转成时钟模样。这个生命计时器跟电子表的时间数字显示一样，只不过换成了占星星活着的时长，此刻显示 27 岁 7 个月 18 天 25 分 01 秒。而生命计时器远没有外表看上去的功能那么简单，玄机就在旋转按钮上，每旋转一下，就会出现其他的功能，这是未来人必备的生存神器，就像现在的人离不开手机一样。

这次自杀还是失败了。

占星星想念二十年后的那个世界，那里有漂亮的老婆和刚百天的儿子。可惜自己不吃不喝也死不掉。他只好“作死”自己了。

大概又熬了一周，占星星听说黫市郊区的黑影湖是一个死亡之湖，决定去试试。

黑影湖，顾名思义，湖面有黑影飘过，像一朵乌云浮在湖面上方，它会在天黑后不定期造访。凡是有船只在夜里经过，又遇到这黑影，就会莫名的翻船。人也不知所踪，打捞不到尸体，人们都说，失踪的人是被这神秘黑影吃了。

占星星颇为好奇，寻思着这究竟是什么怪东西，也许他能让我死掉！真不想待在这落后的世界！

夜幕降临，来到黑影湖的占星星，第一件事就是跳入湖中，不游泳，不动弹。他和鱼一样，腹中有一个白色的大泡，可以安然无恙地漂浮在水上或潜入水中。

他此刻无聊而忧愁地躺在湖面的水床上，时不时抬起水蝇似的细长四肢，让水花四溅，生怕今晚等不到黑影。他也在无聊时借着上弦月光看自己在水面的倒影，他的水影轮廓总被调皮的鱼儿弄皱、变形。

果然有一袭黑影在湖上空飘荡，占星星仔细一看，那轮廓不是一个小男孩的影子吗？为什么离开主人的身体到了这里？

“星星，来陪我玩。”黑影来到占星星的面前，发出占星星童年时的嗓音。

占星星害怕面对自己。童年时期的他没有父母，生活在孤儿院里，好在孤儿院里的小伙伴们能相互陪伴，孤儿院的阿姨也很温暖。他们像他的亲人一样，给他幸福和快乐。面对这个陌生又熟悉的声音，他不禁回想起了唯一笑着生活的那几年。

“星星，我带你去一个好玩的地方。”占星星童年的影子说着就用小手拉起他的大手冲向水底。

他和影子一直游啊游，直到他重新浮出一片陌生大海的水面，看见一个崭新的世界。

此刻已是白天了，他游到岸边，影子已站在他的脚下不说话了，他更惊讶地发现自己成年的身体变成了自己六七岁的样子。阳光金灿灿地打在他的脸上，皮肤上的绒毛根根清晰可见，影子跟随他的小脚，越拉越长。

原本的衣服太大了，裤子直接从腰身滑落，占星星把上衣穿成了牛仔风衣。

他还看见了孤儿院这座让他难忘的童年小岛。

“星星，别玩了，快来吃饭！”占星星还在岸边愣着，一个二十多岁的胖女人一下将他扛到肩头，拍了他两下屁股，一路飞快地走着。

“你是谁？！放我下来！”

占星星想，这个场景好熟悉。只不过儿时的孤儿院不是在海边，而是在一个普通的小县城的西北。

难道我通过黑影湖穿越到了童年吗？童年时的我，还拥有成年时的我的非凡能力吗？

这样想着，他一抬手，生命计时器不见了踪影，急得在胖女人身上乱挣扎，可怎么也挣脱不了。占星星这才明白，这回自己是真的回到

2020年了，之前自己依旧是成人，现在回到2020年，变回了童年时期的样子。

胖女人是孤儿院的院长，孤儿院是她私人新开的，目前收了二十五名孤儿。占星星被送到食堂后，看着碗里的稀饭汤，照了照自己的模样，他的容貌较成人期有很大变化，皮肤红扑扑的，像打了腮红，整个人眼睛是发亮有神的，没有拒人于千里之外的冰冷。小动作很多，一刻也闲不住，一个劲想找小伙伴玩耍。

吃完午饭，占星星和小朋友们到海边嬉戏玩耍，忽然间，一大片深蓝色冲击眼前，盖住了白云朵朵。占星星看见一条巨大鲸鱼的脊背越过头顶，遮天蔽日，人在它面前渺如尘埃。它淌下的口水，像黏湿的稠雨，洒向大地。

所有的小朋友们都瞠目结舌的盯着这条大鱼，胖女人把他们召唤集合在一起，她站在他们整齐队列的最前方，紧张地盯着窗户之外，张开宽厚的双臂保护他们。唯独占星星不听胖女人的话，单独乱跑，从孤儿院蹿了出去。胖女人无奈地跑出去追他。

“星星！回来！外面危险！”胖女人追出去五百米才赶上占星星，她气喘吁吁地从他背后一把抱住他，却没有力气再把他扛到肩头上。

“我要自杀，我要回到二十年后！你放开我！我要长大！当小孩没意思！”占星星使出浑身解数挣扎着，他逃离她的怀抱，奔跑时不小心摔倒了，感到胳膊好疼。

“你到底在胡言乱语说什么？什么自杀？不要想太多！”胖女人说着，那条巨大的鲸鱼已张开巨嘴吞噬眼前的一切，她的长发被它龙卷风般的呼吸吹得如一个疯子。

胖女人没有了踪影，被鲸鱼吸到了肚子里。刚才无意间打了个哈欠的鲸鱼这下又闭合了巨嘴，跃回一望无际的大海里，悄无声息。

这下，占星星傻眼了。他知道是自己的调皮、任性害死了胖女人。孤儿院里的二十五个孩子，包括自己，接下来该怎么办？胖女人就像妈妈一样照顾着他们，妈妈突然没了，又怎么跟孩子们交代？

就在占星星忐忑焦虑之时，他看到了更惊讶的事。

那是 27 岁的自己，正赤脚踩着沙滩走来，一身银色装扮，闪烁在不远方。

“你……你……”儿童模样的占星星结巴了。

“你忘了？”

“你是，你……是……是谁？”

“玻璃加工厂里，我把自己砍成两半，你是一半，我也是一半。我们都是占星星，占星星有恢复身体细胞的功能，所以现在有两个我呢！我们是同一个人呢。”

“你别……别吓我，我要回孤儿院了。”

“你跑什么，你不是一心想死吗？童年的你，现在是普通人，你看看你身上的血，要不我杀了你，这样我们一起回到二十年后！”

童年占星星看看右胳膊，果然绽开一朵深红的血花。

占星星正犹豫着，孤儿院的一群小伙伴纷纷跑出来，来到占星星面前。

“我们妈妈呢？”脑瘫小女孩多多发出含糊不清的问话。

“她……”占星星见多多歪斜的嘴唇努力地挤字，一时语塞，他攥紧的拳头里的汗水，像儿欲穿石的泉滴，却滴不下来。

不会说话的瘦小男孩小金一下子蹿到占星星面前，使劲推他一把。占星星一个踉跄一屁股倒在沙滩上，他感到鼻头一酸，眼睛发疼，想哭又不敢哭，怕把悲伤点燃，传染给大家。

“去！去去去！”

成人占星星把一众孩子全部轰走，继而蹲在童年占星星面前。

“快点！给个话！”

“我还不能死，这些孱弱的孩子怎么办？”

“难道你要一直在这里，老婆孩子怎么办？要他们苦苦等待下去吗？我现在就要杀你，濒临死亡时，千万别忘记旋转这个生命计时器，打开时空门。”成年占星星说着，亮出了生命计时器。

原本渴望找到生命计时器的童年占星星此刻竟对它失去了渴求，他打掉了它，含泪道："不要！求求你了！我想照顾那些孩子！是我让他们失去了依靠！"

"妈的，你不是千方百计地想寻死吗？现在我们可以死了！你却他妈的反悔！"

"要不这样，我们把他们也带到二十年后，这样他们就是成年人，可以照顾自己了。"童年占星星忽而想到了好办法，他用祈求的目光看着成年的自己。

成年占星星被这样的目光打动了，于是摸摸童年的他的后脑勺说："行吧。给你们最后一天当孩子的机会，你去跟他们说说，明天这个时候，我再来找你们。"

"谢谢，你帅爆了！不过，你还是和我一起吧，我怕孩子们怪我，大星星。"

"好吧。小星星。你还真会起外号，哈哈！"

大星星一来到孤儿院，就旋转了生命计时器。孩子们一下子被计时器由内而外散发出的蓝光照得肤色发蓝，一个个被吸进了生命计时器里不见了踪影，蓝光也渐渐淡去。

小星星气得对大星星拳打脚踢。

"你干吗？"大星星推开他问。

"你把孩子们都弄到哪里去了？"小星星气得火冒三丈。

"哈哈哈，看你气呼呼的小样儿，我用咱们时代的高科技把他们的残障治好，你别误会。"大星星咧开了嘴大笑，长大后他很少这样笑了，但看见童年的自己可爱的样子，忍不住开心起来。

蓝光顿时又从生命计时器里露出来，孩子们又一个个回来了。小星星惊讶地看到女孩多多不再嘴歪眼斜，走路平稳，变成漂亮的小姑娘。哑巴男孩小金唱起了清亮的童谣《月亮船》。

"小伙伴们，你们的病，这位大星星叔叔已经治好了！"小星星叉着腰，看着长大的自己自豪地说。

"大猩猩！咯咯咯。"

“谢谢大猩猩！”

“我的左臂又长出来啦！谢谢！”

小朋友们都开心地手拉手，把小星星和大星星围在一个大圈里。

“好了，小星星，童年的我，现在是你该死的时候了。他们已经健康了，我已经通知需要领养孩子的一众家长过来了，你不必为他们担心。”大星星突然一个跳高，把小星星带到百米外的沙滩上。留下一个空圈。

“我，我喜欢当孩子，天真无邪，无忧无虑，你这个大人看起来太阴郁了，想来回到未来也不快乐，不如让我在 2020 年待着吧。”小星星对童年恋恋不舍。

“那我必须回到你的身体里，或者你来到我的身体里。要知道，我们虽然是两个身体，但只有一个灵魂，如果我们不合并成一个人，灵魂就得死！”大星星忧虑道。忧郁之蓝的天空拓印在他发灰的瞳孔里。

“你说的是真的？！”

“管不了那么多了，我现在就要杀死你。”

大星星说着，用手掐住了小星星的脖子，大星星竟然也有窒息的感觉，他实在使不上力气，松开了手。

小星星慌忙跑开了。他害怕死亡，也怕童年的自己被成人的焦虑过早的侵蚀。

大星星又旋转了生命计时器，蓝光把小星星脚下的黑影照成了大星星的影子，而小星星也因为影子的变化，恢复了成人的身体，占星星的两个身体很快合并，成为一个身体。蓝光反常的自动照向了那一群孩子，他们竟然都变成了大人，且一个个都被蓝光送进大海里，经过两个小时的下沉，他们从黑影湖面浮上来。浑身湿漉漉地爬上了岸。

“怎么回事？我们都是大人？”占星星惊讶地问那些陌生的大人。

“我们都经过黑影湖，然后就变成小孩子了！”一个中年妇女说。

“不对啊，开办孤儿院的胖女人怎么不是小孩子？”占星星问。

“她没有身体。她来湖前已经死了，她的三个孩子都被她婆婆卖了钱，她伤心过度，自焚了，据说只剩下影子烧不掉。”另一个年轻男子说。

“哎，她已经被连通湖泊的大海里的蓝鲸吃了。这个黑影湖上的黑影，好像就是人们童年的影子。”占星星推测道。

“感谢你！你是大英雄，把我们救下了！”

“多亏你了！”

“来我家坐坐，大恩人！”

占星星屡次为濒临死亡而自杀，没想到几次三番没有成功，倒成为人们眼中的英雄。

众人纷纷回到郊区住所，占星星不知道自己该去哪里，就跟着大家的步伐。

一个七岁小女孩站在公交站牌那，手里拿着一张照片，好像在寻找人。

“她不是我老婆小时候吗？我见过相册的！”

占星星见白月的小脸被寒风冻得通红，扎着的马尾辫松垮垮的，歪到一边，额发碎得像鸟窝。

“妈！我以为再也见不到你了！”白月忽而见到已失踪两个星期的妈妈，激动地跳着扑进她的怀抱。

占星星见老婆和岳母重逢，露出由衷的微笑。

占星星走近母女俩，摸着老婆的头，凑近她的耳畔说：“小姑娘，你长大以后会嫁给叔叔的哟！”

白月听了红了脸，躲到妈妈的身后去了。

“我可以去你们家参观下吗？”占星星主动和未来岳母提出请求。她还年轻貌美，没有二十年后的皱纹和苍老。占星星不由得感叹美人迟暮。

“可以，你救了我，来我家吃饭、住下生活都可以！”

占星星在白天参观了未来老婆的家，晚上就歇在她家。深夜来临，他听到有人悄悄拧开他所住房间的门，门缝里透露着金光，好像门外有金山坐落。他慌忙起身，惊讶地盯着徐徐敞开的房门，开门的原来是他老婆。她每向他走来一步就长高一点儿、长大一岁，走到第十九步时，已经长成了一位散发魅力的成熟女人，她不再走了，和他深情对视着，占星星走到她面前，眼神一秒也不曾离开，他们情不自禁地紧紧拥抱着。

“老婆，老婆！”

“我终于找到你了！老公！”

“咱们儿子呢？”

“你看我的大肚子！”

“太好了！咱们不走了，就在这儿生活！”

“我们其实已经回去了呀！”

占星星才反应过来，时空被找到他的老婆用超能力压缩了，于是他们又走了一步，时光再次飞逝了一年，他们可爱的儿子变成了百天大。

回到2040年后，占星星依然做着不喜欢的工作。日复一日的压力，使得他开心不起来，常常忧虑悲伤，他想起在孤儿院时单纯的快乐，他想选择回去，做一个孩童，选择无限循环做孩子。他只想找到庇佑自己心灵的家。

他留下一封信给老婆：童年时候的我有愿望，有很渴求的事物，一点小事就可以很开心很满足。长大以后，就失去了最初的纯真。这辈子辜负了你们，来世，我会做你的父亲，好好报答你。

白月痛哭着回复：你这样做，你是有童年了，你儿子的童年呢？我一辈子的幸福呢？别以为这样做就是有情怀。一个人，他既然长大了，就有了责任，逃避不是办法。占星星，我鄙视这样的你！你不配做一个父亲，一个丈夫！孩子是受大人保护的，但你不能一辈子在大人的臂弯里舒服着。你选择无限循环做孩子，就是选择永生永世弱小，永远也强大不起来，无法保护你深爱的人。你懒惰，你不肯吃苦！占星星，你给我回家！我现在以你的爱人的身份命令你，给老娘滚回来！

占星星看到了老婆的回信，作为男人的尊严被深深刺痛了。如果他可以站在自己面前，那他真想狠狠踹自己一脚。可他的懦弱、忧郁，使他仍在犹豫不决。

这天日落之后，天色漆黑，没有星辰，照亮回家的路。

“星星被夜的寂寞吞噬。谁来充当天空中那闪烁的星辰？”肩负使命的宇宙使者叩问地球人。他的问话响彻寰宇，却无人应答。

“我老公。”白月还在生占星星的气，怒其不争，替他应了这个重要的星际任务。

彼时，占星星的身体如细胞分裂般，以次方数疯狂复制粘贴，不受己身控制。很快的，他就有了数十万个副本。与此同时，时光之门也打开了，只要他愿意，就可以按照之前计划的，回到童年，免受这次任务之苦。

内心挣扎一番后，他用生命计时器将自己的副本们变成了星星，它们像是银色的小鱼家族，闪闪发亮，坠入夜的深渊。

现实篇

古筝妈妈

暮色也惧雪冷，她披上一件深藕红的大氅，几只白嘴鸟儿在乡村电线杆上蹦蹦跳跳，同南风一道吹出啾啾鸟鸣，过膝的梅花香，还将漫过小村冰封的幽蓝湖水。

十只漂亮的手指，在古筝琴弦上如泉潺缓流动，沁入身体深处的花园。

三个孩子趴在旧课桌上，仔仔细细的，按着千纸鹤方块折纸，用笔写下稚嫩的字。

“俞妈妈，我希望死神从您的身体里飞走。”

“俞妈妈，我爱您。”

“俞妈妈是天底下最好的妈妈。”

千纸鹤们展开翅膀，衔走了一根根琴弦，琴弦之间，翩飞出无数音符，撬开不眠人的梦匣。星星，也惊得从昨夜的云翳中，分娩出更多的繁星。

—— 引子

一

俞欣荣身穿军装，作为国家一级古筝演奏家在国家音乐演奏大厅表演古筝艺术，演出结束时，获得场上热烈掌声，很多观众上台献花。

青年女观众发出喝彩：“俞老师，您的演出太震撼了！”

中年男性观众仰慕道：“俞老师，谢谢您带来精彩的古筝演奏！”

当她离开舞台时，金碧辉煌、雕梁画栋的墙体，将她的面容映衬得金灿灿的，她不由得触摸那金闪闪的墙面，突然间，她看到自己触到的金色变成了土灰色，分明是破旧的土墙，她怔住了。

眼前，还有很多淳朴山区的孩子一个个像看到自己的妈妈一样冲过来一层层紧紧拥抱着自己。

她自小在大都市南京长大，从未在农村待过，为何会看见这样的场景？她疑虑着，突然间，她开始头晕，身体发软。

“俞老师，您怎么了？”俞老师的同事，来自军区的周和元老师扶住了俞老师。

俞老师眼前一黑，便晕倒了，被送进了医院。

她的妹妹俞诗蓝闻讯后，赶来医院照顾她。

“俞老师，您终于醒了，感觉好些了吗？”周和元见到俞老师醒来，久久缠住的眉毛，这才舒展开来。

俞欣荣感到浑身没有力气：“我不太舒服。我这是怎么了吗？”

俞诗蓝看着手中的报告，全身发抖：“姐姐，这份报告……也许错了……明天我们换一家。”

俞欣荣看到了检测报告，惊现“肺癌”两个字。出乎意料的，她很坚强，没有冲动，没有流泪。

俞欣荣安慰道：“妹妹，不用换了，我能接受，不要担心我，余生可贵，我想做自己想做的事。我想后面我的很多工作也就可以放下来了。我想趁着自己还能走动，去外面走走、看看，不留遗憾。”

俞诗蓝想了想说：“姐姐先稳住身体状况，好些了可以去大别山革命老区金寨走走，这座我们父亲曾经战斗过的地方，这里是中国将军县、中国工农红军第一县，牺牲了十万英雄烈士，是一片红色的热土。”

俞欣荣点点头，想到金寨，眸光里闪烁着星泪。

一个月后，俞欣荣和战友们一起来到了金寨，她在金寨革命烈士陵园里献花篮。

紧接着，她来到了红军广场洪学智将军的墓碑前，深深地鞠躬。

俞欣荣在革命博物馆看到了很多烈士的名字，其中找到了自己父亲的名字，他们用热血挥洒疆场，把名字镌刻在冰凉的黑色大理石上，俞欣荣的心灵得到了深深的震撼。

金寨革命博物馆讲解员都月深情地讲解着："在革命战争年代，金寨家家有烈士，户户有红军，山山埋忠骨，岭岭是丰碑。牺牲了十万英雄儿女。"

"走在金寨很亲切，因为不知道我走过的哪条路就是父亲走过的。"俞欣荣发自肺腑地说。

战友们也赞叹道："金寨，这座大别山革命老区，血染的热土，走出五十九位开国将军！怎能不让人崇敬？"

俞老师又来到了位于小南京村的小南京学校参观，俞老师的战友们帮她拿出古筝。她给孩子们弹奏古筝，美妙的乐曲一传来就深深吸引住了所有人，俞老师的技艺太高超了，让大家深为震撼。

孩子们大大的眼睛充满了亮光，像夜空中灿烂的星辰，渴望地看着俞欣荣。

一个女孩闪烁着懵懂的眼睛小声问："俞老师，可以教我们学琴吗？"

"俞老师，你可以留下来教孩子们弹琴吗？"学校的赵老师帮孩子正式问了。

俞老师觉得这些孩子给她的印象非常深刻，他们的眼神里面，流露出来的一种渴望，一种追求，深深地打动了她。小时候，她读的苏联小说《乡村女教师》《古丽雅的道路》也深深影响着她，因此她没有犹豫，很快答应下来，因为她觉得那就是内心要做的事情。

"好啊，我很乐意教你们弹琴。"她看孩子们时候的眼睛满是柔光。像是被洇润在天边的晚霞。

孩子们开心地鼓掌雀跃，"谢谢俞老师！""太好啦！"

赵玉宇送俞欣荣离开学校时，在校门口对俞欣荣说了一些话。

“俞老师，谢谢您的慷慨支教。我们这边大部分孩子都是留守儿童。”

“赵老师，不用谢。我看到了孩子们的眼神，这种眼神也很像我的眼神，因为我从小也是被送到姨妈和姨夫家里生活，尽管他们对我很好，但还是会思念父母，会想自己的亲妹妹、亲姐姐，他们的眼神让我非常心疼。我打心底愿意教孩子们，也乐意做这件事，回去后我就开始准备这件事。”

赵玉宇有说不出的感动，说道：“再次感谢您。”

二

俞老师回到南京后，就开始准备买古筝。她在南京市繁华的新街口和妹妹逛音乐乐器店。

俞老师一次性用二十万元人民币购置四十多把古筝，然后让琴行张总安排寄给小南京学校。

俞欣荣仔细地写下邮寄地址，说道：“张总，麻烦您把这些都寄到安徽省六安市金寨县小南京村小南京学校。”

张总热情地说：“好嘞好嘞。俞老师，您一下子买这么多，是要开班吗？您在南京开班多方便啊？一年恐怕要挣个四五百万吧。”

俞诗蓝说道：“张总，我姐姐是想捐办支教。在南京的孩子，有很多老师。但山区的孩子，更需要她。”

俞欣荣笑了笑，没说话。

张总竖起了大拇指：“俞老师真是好人啊！真心佩服俞老师！”

当俞欣荣再次来到小南京学校时，是一个人来的，为了一句承诺。那天下着瓢泼大雨，妹妹把她送到了车站。

俞诗蓝拥抱着姐姐，不舍地告别。“姐姐，我要回美国了，不能陪着你，你一个人在金寨支教，注意身体，身体第一。”

俞欣荣说：“妹妹，你回去吧，放心吧。”

俞欣荣背了很重的行李，里面有古筝教材，有曲谱等。

检票之后，到动车车厢的距离其实也就几百米远，因为患着病，那些常人能背动的行李，对她来说却很困难，旁边的人又不知道她得了癌症。她也不好意思喊别人帮助自己。

外面大雨滂沱，俞欣荣刚刚撑开伞，就被大风吹翻了。

她费力地撑着伞，背着、拎着行李，一步一步地挪着，从前她很快能走到的地方，这次像爬一座高峰。她终于走进了动车车厢里，头发都淋湿了，或许是她很脆弱，她哭了。

俞欣荣内心想：我真不争气，一点小小的挫折就能哭。后面的事情还没开始呢，我不能这样。

窗外的急雨模糊了风景，银杏树上被雷击落的果子，如卡在喉头的泪珠。她看着窗边的涔涔雨水，抹掉眼泪。

俞欣荣来到了金寨动车站，外面下着的只有蒙蒙细雨了，金寨连绵的山都起了山雾。仙气缭绕、如梦似幻的美景，让她陶醉在对金寨的巍峨壮阔之中。

雨停了，远方连绵的大别山在阳光的霞雾中若隐若现，绯红的阳光将山雾染成了淡淡的金粉色，在层峦叠翠的山肩徐徐缥缈，宛若流画。

大别山的山水像一位含羞的神秘的女性，远远的，遗世的，默不作声，静静地看着你，从不张扬她那张饱含革命沧桑的、沉淀红军回忆的惊世面容。

"金寨，我来了！"她对老区发出一声呼唤。

在金寨小南京村口，一对八岁的双胞胎兄弟送爸妈到村口，一边一个拉着爸爸妈妈的手。

上官笑东拉着爸妈的衣角说："爸爸妈妈可不可以不走？"

上官笑西拉着爸妈的裤脚，眼睛里有种悲思："爸爸妈妈可不可以不走？"

爸爸不得已扯开他们的手说："笑东笑西，你们在家听奶奶的话，爸妈打工会回来的，不然我们没有生活的来源。"

兄弟俩撇撇嘴："知道了。"

妈妈又亲了亲孩子们，依依不舍。

他们要外出打工，只能狠心离开了。

兄弟俩在村口望着爸妈的背影，直到他们同一对飞鹤一样，在田野边消失成点。

爸妈走后，双胞胎兄弟俩去小树林玩，爬了很高的榆树，都不小心从树上掉下来，一个摔得流鼻血，一个腿肿了起来。有两个孩子笑他们笨，双胞胎俩爬起来就跟他们打架。

其中一个被打的孩子说："你们两个是坏孩子！"

"你们才是！"兄弟俩气不过，又打了起来。

兄弟俩鼻青脸肿地回到家。奶奶年纪大了，眼神不太好，独自照顾着四个留守孩子，给他们做山芋稀饭吃。他们还有两个姐姐，家庭十分困难。

不知道为什么，兄弟俩看着家门前的一座座大山，他们很想知道山外的世界，是不是山外有更高的山，通向一条从未走过的路。

俞老师来到金寨小南京村已是傍晚了，她准备在小南京学校旁边的小南京农业生态园住下。

生态园的湖边还有两只黑天鹅在湖中漫游，优雅而惬意。生态园的负责人齐总在门口迎接，帮俞老师拿了很多行李。

"俞老师，您来了，这是我给您安排的住宿，进来看看。"

"谢谢齐总关照，这独栋的房子，有院子，还有天鹅，环境很美，非常感谢。"

齐总说："不客气的。这里离小南京学校百米路，方便您上课。"

"您考虑周到，我很喜欢这里。"俞老师很喜欢这里清雅的环境。

第二天，俞欣荣来到学校，学校青年支教教师、文学硕士刚毕业一年的赵玉宇带她来班上选一些孩子学习古筝。

"俞老师，您可以选拔一些孩子来学习。"

孩子们听说有大城市来的音乐家，都非常兴奋，端正好身姿，大大的眼睛看着俞老师，闪烁出期盼的光芒。俞老师看到了班上的两个双胞胎兄弟，她觉得他们很可爱。

俞欣荣便说：“赵老师，就他们兄弟两个吧，很可爱。”

兄弟俩在教室里并不专心，还不大知道被选上了要干啥。接下来俞老师又选了一些喜欢音乐的孩子。

赵老师带俞老师来到学校三楼，那里有间布置好的教室，正挂着条幅，上面写着“小南京学校山娃娃古筝班。俞欣荣捐办”。

山娃娃古筝班开班后，俞老师耐心地教学，一天教八个小时，嗓子很疼。由于水土不服，身体也不是很舒服。

俞欣荣微笑着走进教室说：“同学们好，今天我带大家来认识古筝。”

学生们齐声回：“俞老师好。”

“报告俞老师，我想上厕所，拉稀。”上官笑东突然举手。

俞欣荣质疑道：“刚刚上课就想上厕所，下课干什么去了？”

上官笑东捂着肚子，很难受的样子。

俞欣荣无奈地说：“快去快回。”

“我也去！”上官笑西把手举得老高。

“你也拉稀？”俞欣荣问。

“不是。”上官笑西摇摇头。

“怎么了？”

“我是送纸。”

“哈哈哈……”全班大笑起来。

俞欣荣没办法，只好放他们出去，兄弟俩一出去就不回来上课。

在教学的过程中，有时候她认为自己讲的很细，连续讲了好几个小时，但还是有很多孩子摇头说没听懂，俞老师觉得好崩溃。她继续在黑板上写下曲谱，给孩子们学习。

俞欣荣在内心琢磨着：怎么讲了这么长时间还是听不懂呢。是不是因为孩子们没有基础呢，我要慢慢来。

三

三个月后。

十二月冬天的某个周末，下了很大的雪，孩子们一个个都走很远的路来学琴，一串串小小的脚印，把雪地踏出了一幅水彩画。俞老师远远地站在三楼教室外面看到了，很是感动。

但她又患上了感冒、咳嗽、腰酸背疼，尿路感染，甚至这天早晨，她咳出了血。

看到孩子们快要进入班级了，俞老师赶紧用手帕捂住嘴角的血，并且擦干净。对孩子们面带笑容。

孩子们觉得她对大家的教学很耐心，无微不至，语言温柔，课堂上以鼓励为主，就像自己的妈妈一样好。

一个孩子问："俞老师，我可以叫你俞妈妈吗？"

俞老师感动地说："好。"

班上的孩子都跟着叫她俞妈妈。

俞老师多了三十个孩子，脸上露出幸福的笑容。

教室内，俞妈妈看到一个小女孩孔向柔，瘦瘦小小的，也很沉默，下课了也几乎不说话，也不笑。俞妈妈就鼓励她笑，多跟她说话。

"孔向柔，你笑起来应该很可爱，要跟同学们多说说话哦。"

孔向柔点点头，依然不说话。内心比较封闭。

俞妈妈摸摸她的头，拉拉她的小手，非常关爱她。

孔向柔终于笑了一下，但很快又陷入了原来的状态。

课后，俞妈妈无意中听到了家长的质疑，说她坚持不了，或只是走过场来教几天，承受了教学的艰辛和非议。

"这个老师是大城市来的，没多久肯定要回去的。走走过场而已。"

"我们就是出身农村的，没指望孩子学到什么高尚的艺术。"

"哎，学这个玩意儿有啥用？"

她听了之后，更加坚强，决定要克服一切困难，没有什么是能压垮她的。

放学后，俞妈妈回到住处小南京农业生态园内的怡然居吃药，然后接到了一个陌生电话。

“俞老师，我是您的妹妹诗蓝找的一位生活助理，我叫蔡薇薇，您叫我薇薇姐就好了。我等下到小南京，照顾您。”

“谢谢薇薇姐。我没事的，诗蓝总是这样操心，辛苦您了。”

“不辛苦的。”

薇薇姐到了小南京，看到俞老师不住地咳嗽，着急地给她做了冰糖雪梨吃，并劝她快点回南京住院。

蔡薇薇说：“俞老师，我听诗蓝说，医生说过你不能感冒，不然就有生命危险。况且，孩子们在农村生活，没有基础，很难学好。要不，您考虑回去？”

俞妈妈坚定地回答：“不行，孩子们怎么办？以前很多人都说音乐是贵族的孩子学习的一门学科，我不信。我觉得我们山里的孩子也能学得出来，他们虽然各方面的条件不如城里的孩子，但是实际上是没有任何区别的。我的内心深处更偏向山村的孩子，因为山村的孩子在学习上，他们更加的纯粹，他们很单纯，没有花花绿绿的世界对他们的诱惑，也没有那么多游戏机、玩具、游乐场去玩，而且他们也没有父母给他们那么多的关爱，所以他们更纯粹、单纯，所以当我把音乐知识传授给他们的时候，他们能接受我给予他们的理念、信息。”

蔡薇薇看俞妈妈非常固执，还不愿意告诉学校和孩子们，其实自己患有癌症，心里很着急。

蔡薇薇准备悄悄地将俞妈妈患有癌症的情况告诉李校长。好让俞妈妈减少上课时间，身体得到休息。

第二天，她来到了校长办公室。

“李校长好。我是俞老师的助理，我叫蔡薇薇。”

李校长笑着站起来：“蔡老师好。有什么事吗？”

“我想跟您汇报一件事。”

“您坐，请说。”

“谢谢。是关于俞老师的，其实她……”

俞妈妈突然来访办公室，打断了蔡薇薇。

俞妈妈挽住蔡薇薇，“薇薇姐。我到处找你呢。”

“俞老师，您来了，有些事，您应该跟校长和老师说说，我担心……”

“没事没事，都是小事。”

李校长说：“您们远道而来，有什么困难和需求一定要告诉我。我一定解决。水土还能适应吗？我们这里没有什么条件，让您们受苦了。”

“谢谢校长关心，我能适应的，孩子们都很可爱，我会把这件事坚持下去的，请您放心。薇薇姐，走，带你看看小南京风景。”

蔡薇薇无奈道：“哦，好。”

李校长说：“好，那我就放心了。”

俞妈妈在课堂上认真教学，每天琢磨着怎么教好孩子，她默默告诉自己：其实每个孩子都是从零开始，而且好多都是一年级的孩子，他们从来没有接触过音乐，所以他们对这些概念是非常模糊的，从来没有过音乐认知。

俞妈妈看到大家学不会的时候特别着急，因为她本身就是急性子，她就一直跟自己的心灵对话：不要着急，这是你自己选择的道路，这是你心甘情愿来做的事情。孩子们在我心里就是一尊一尊的佛。我是来朝拜他们的，我要敬畏他们。对于每个孩子都要很敬畏他们。

她心灵的坎就是这么过来的。每当她急躁的时候，就对自己说要朝拜他们，敬畏他们。他们都是自己面前一尊一尊的小活佛。

第二天俞妈妈依然上课，双胞胎兄弟上官笑东和上官笑西就很调皮，不认真听讲，还捣乱，把铅笔塞到女同学的衣服帽子里。

别人弹琴的时候，他们就乱弹，不守纪律。俞妈妈说了很多次都没有用。

一个小女孩在教室门口等着，下课后，俞妈妈走到教室门口，看到她的脸上有一道疤，就上前问她。

“小美女，你在等谁呢？”

女孩说："我在等双胞胎上官笑东和上官笑西，他们是我的弟弟。你是俞妈妈吗？"

俞妈妈点点头道："是啊。你叫什么名字？"

女孩说："我叫上官笑南。"

俞妈妈看着她的面容，心疼道："你的脸怎么了？"

上官笑南无奈地捂住脸说："是弟弟用碎酒瓶子划的。"

俞妈妈听了很心疼，才知道他们兄弟俩真是很调皮，于是她下决心要将他们变好，平时也很关注他们。

俞妈妈下课后来到语文老师赵玉宇的办公室，赵老师正在批改作文，她随手拿起一本作文本，无意中看到了上官笑东在作文里面写道："大家都说我们是坏孩子，对，我们就是坏孩子……"

俞妈妈鼻头一酸，心想：孩子们没有自我价值观，他们会误以为自己很坏，其实他们很好，他们只是从小缺乏爸妈的保护和关爱，把打架当作自己的盔甲，怕别人欺负他们，所以当别人还没有靠近的时候，他们首先就竖起了刺猬一样的刺保护自己。

俞妈妈对赵老师说："这两个孩子本质不坏，只要引导好，我相信可以改变他们的！"

赵老师叹口气："哎。他们是学校公认的差学生，俞老师您身体可别被他们气坏了。"

俞妈妈却自信地说："不会的，我能行。"

学校准备把他们从俞妈妈的古筝班劝退了，赵玉宇老师和另外一位许如意老师，走在去兄弟俩的家的路上，正要和兄弟俩的奶奶劝说之前，被俞妈妈急忙跑来拦住了。

俞妈妈大口喘气，着急地劝说："你们不能去！"

赵玉宇和许如意老师停下了脚步，"这两个孩子耽误事，不能影响您上课！"

俞妈妈坚定地说："不可以，你们绝对不可以，在我手上你们要是把他们退出去了，将来这个家庭就是一个悲剧，这两个孩子就是悲剧，也给社会增加负担，这两个孩子就不会学好了，因为他们本身就很自卑，如果不拉他们一把，再把他们推出去，你不如当初不让他们进古筝班，那样我不知道他们，没见过他们，就不会有那么多的担忧了。但现在他们现在在我的手上，我不容许做这样的事情。”

许如意听了觉得很有道理，“好的，俞老师，我们明白您的好意，我们不会劝退了。但是这两个孩子，真让您操心了。”

赵玉宇看着焦急的俞妈妈，额头上跑得都是汗珠，被她感动了。“您说的有道理，我们知道了。”

“没有关系，他们本质不坏，他们会变好的。相信我，给我一点时间。”

“我们相信您，您多注意身体。”许如意说。

俞妈妈没有从山路回去，而是去了双胞胎兄弟俩家去做家访，并给孩子父母亲打电话，详细的了解他们的成长经历，便于教育好他们。

四

俞妈妈来到教室上课，她用爱心和耐心，鼓励双胞胎兄弟俩。

俞妈妈用清脆的嗓音问候大家：“同学们，早上好。”

古筝班同学们也齐声回道：“俞妈妈，早上好。”

俞妈妈特意用很大的声音表扬：“嗯，刚才我注意到上官兄弟俩坐的笔直端正，比从前有进步，也没有迟到了，你们俩要继续保持啊。”

兄弟俩点点头，开始认真地翻琴谱。

俞妈妈来到同学们的身边，一个个的教他们弹琴，指出不足，当她来到兄弟俩的旁边时，她只用他们自己能够听见的很小的声音去指导他们弹琴的不足。

俞妈妈耐心地指导：“应该把手指放在这根弦上。”

俞妈妈注意到班上原来沉默寡言的女孩孔向柔今天上课一直盯着自己看，好像有什么话要说。

课间，俞妈妈带着孩子们一起玩“老鹰捉小鸡”“谁是木头人”，非常开心。

兄弟俩在放学之后主动给教室打扫卫生，他们拿起了扫帚，认真地打扫灰尘，不像之前那样没有耐心了。他们还主动帮助同学，把古筝上的灰尘擦干净。

在俞妈妈爱的教育下，他们俩的性格慢慢地变好了。

俞妈妈很是欣慰地离开教室，快出校园时，孔向柔突然跑出来塞一张小纸条到俞妈妈的手上，然后又快速地跑没影儿了。

俞妈妈打开纸条一看，皱巴巴的纸条上写着：俞妈妈，我爱你。

俞妈妈鼻头一酸，感动地哭了。

课后，一个孩子的奶奶挎着一篮子鸡蛋来到了俞妈妈的住处，她敲响了俞妈妈的门。

“俞老师，您在家吗？我是金子熙的奶奶。”

俞妈妈开了门，邀请付奶奶进屋坐下，当见到奶奶带来了鸡蛋，很是吃惊。

“俞老师，您教我们家子熙辛苦了，我一直很感激您，这样费心操劳，这是我们自家的土鸡蛋，给您补补身子。”

“奶奶您客气了，这个我真不能收，我来到金寨，就是想支教的，不能单独收孩子们的东西。”

付奶奶把鸡蛋放在桌子上，拉着俞妈妈的手，恳切地说：“俞老师，这只是一点儿心意，您不收，我们都过意不去。”

俞妈妈也拉着付奶奶的手说：“这绝对不行的，如果这样那我就不教金子熙了。您一定要拿回去，您和孩子也要补身体的。”

付奶奶执拗不过坚定态度的俞妈妈，只好把一篮鸡蛋拿走了，俞妈妈不放心付奶奶，叫生活助理蔡薇薇去送付奶奶回到家，这才放心。

“薇薇姐，你送一下付奶奶。”

“好的，俞老师。奶奶，您慢点。”

付奶奶感激地说：“谢谢，俞老师，那再见了。”

俞妈妈跟她挥挥手道："再见。您路上慢点。"

第二天，在古筝班里，俞妈妈义正词严地说："孩子们，有些话我想跟你们说。我知道你们有感恩的心，有的孩子家长会送东西给我，我肯定是不收的，谁给我东西我就不教谁。你们把古筝弹好，把学习学好，把生活过好，就是给我的最好的礼物，知道吗？"

孩子们回道："知道了，俞妈妈。"

俞妈妈站在讲台上，看到讲台上有一个小的玻璃瓶子，里面插满了漂亮的小花。

俞妈妈问大家："这是同学们在路边为我采的小花吗？我很喜欢。但路上要注意安全哦。"

同学们都笑了。还有几个同学在课下给俞妈妈一些圆圆的礼物。她看到是一些漂亮的小石子，还有乌龟蛋。也有同学手写的贺卡：俞妈妈，生日快乐。

课间，师生一起玩击鼓传花、成语接龙。

俞妈妈看着孩子们爬栏杆比高低，在乡间小道接力跑步，为他们加油鼓劲。

他们在一起合影，古筝班上每个孩子都很开心，原来那个最腼腆的女孩孔向柔在这次的合影中，反倒是笑得最甜，八颗牙齿都露出来了。

俞妈妈接到电话说，南京有一场重要的音乐演出邀请她做评委，她推脱不掉，就答应了。

"孩子们，明天我有事要回一趟南京，你们在家里等着我，我很快回来。要听话，努力练习哦。"

孩子们依依不舍道："我们一定会努力的，俞妈妈，您在路上注意安全。"

"好的，亲爱的同学们。"

俞妈妈准备从金寨到南京动车站。在金寨站检票之后，她的行李箱和几个包裹比较重，而面前有两排的阶梯，她正要费力去拎的时候，突然出现了一个年轻的陌生小伙子，帮助她拎所有的行李上楼梯。他穿着黑色的衣服，很有精气神，俞妈妈看他像特种兵的感觉。

俞妈妈的内心非常温暖，她说："小伙子，谢谢你，你叫什么名字？在哪个单位？"

小伙子却说："姐姐，不客气，我应该做的。"

小伙子不留下姓名就离开了。这让俞妈妈感动于老区人民的质朴和乐于助人。

次日，俞妈妈来到南京市音乐演播厅，当她给台上正在演奏古筝的青年人们打分时，忽然接到了蔡姐蔡薇薇的电话。

俞妈妈在演播休息的间隙，回复了电话："薇薇姐，怎么了？"

电话里传来薇薇姐声音："俞老师，我最近听说小南京村四个孩子在河塘淹死了，其中有兄弟俩。"

俞妈妈听完吓得心神不宁，赶紧给上官兄弟俩的姐姐打电话确认。

俞妈妈紧张地问："喂？上官笑南吗？你弟弟他们俩还好吗？"

上官笑南说："挺好的，谢谢俞妈妈关心，您怎么了吗？"

俞妈妈松了一口气，缓过来说："那就好，最近你们都不要去河塘玩耍，很危险，知道吗？"

上官笑南："好的，俞妈妈，我知道了。"

回到小南京的时候，俞妈妈在动车上，听到有个女老师这次来金寨就准备辞职了，那个女老师是 90 后硕士，肌肤雪白，容貌动人。

女教师跟朋友说："我读研又不是白读的，总不能在穷山区待一辈子吧，这样是耽误自己。我的同学们都在北京、上海啊，我已经耽误四年了，再不走就一辈子毁了！我还年轻呢！"

俞妈妈义愤填膺道："难道，我们不应该在国家最需要人才的时候，去最需要我们的地方吗？北京、上海并不缺乏人才，你去了，有没有你，都行。但是，你在山区，就是一盏灯，一盏可以照亮所有人的灯。"

女教师白了她一眼："奶奶，我看你这一把年纪也退休了吧，不在家带孙子，在这多管闲事！"

俞妈妈就不吱声了。她默默地想，当所有人才都要离开山区的时候，我恨不得一直留在这里陪伴着孩子，可惜，我的生命有限，我要把有限的生命，投入到无限的爱中，做一束逆行的光……

俞妈妈额头上的皱纹也美成古筝琴弦细腻而坚忍的模样，她灵魂的音符青春不老。

五

赵玉宇快步来到校长办公室门口，递交了辞职信。“李校长，我，我想辞职了。”

李校长很吃惊：“赵老师，你在这里干得挺好的，怎么突然要辞职呢？”

赵玉宇说：“我觉得在山区发展不起来，我还年轻，想去大城市工作。您可以批准吗？”

李校长知道村里留不住年轻人，犹豫着：“这个事……”

门口传来了轻柔的敲门声。

李校长转而望向门口，“请进。”

俞妈妈有些疲惫道：“李校长、赵老师，您们好。”

李校长问：“俞老师，您又从南京来啦，您的身体怎么样了？”

赵玉宇回道：“俞老师好。”

因为在忙音乐器材，俞妈妈扶着自己此刻很酸的腰。“李校长您不用操心，我还好。这次班级扩招学生，我又买了一些古筝和教材过来，我需要一些人手，晚上帮我一起调音。”

“好好好，感谢您的无私，又破费了。很对不住您，我也是昨天才听说，原来您身患癌症，还要辛苦地的来到我们村义务支教，您为什么都不告诉我们，现在人才都迫不及待地要走，只有你，不顾生命逆行老区，您还一直坚持上八个小时的课程，那样身体是无法承受的，您一定要注意休息，保重身体，我这个当校长的不够称职，我已经安排了减少课程，真的对不住，您一定不能硬撑啊。”

俞妈妈说：“李校长，这是我喜欢做的事情，也不想麻烦您们，您客气了。”

“我这就找几个音乐老师，您们晚上辛苦了。”

李校长和俞老师一起出去了，留下愣住的赵玉宇。

赵玉宇，二十八岁的青年男教师，看到俞妈妈她苍白的脸和枯瘦的身躯，像霜打的寒枝，但是心灵是那样热情似火，暗香盈袖。他这才明白俞妈妈来到金寨是多么的辛苦，寄予这片热土怎样的深情，他主动拿回了校长桌上的辞职信。

校长办公室的门口，赵玉宇忽然打了自己一巴掌。一瞬间火辣辣的疼，却像一次心灵的按摩。

返回金寨的第二天正下着小雨，俞妈妈去古筝班的学生陈果果家，为她的古筝调音。

陈果果的家住在山上，因为下雨，路上比较泥泞，俞妈妈慢慢地走着。

到了她家之后，俞妈妈看到她家里的房子很破旧，简陋，地上还有很多坛坛罐罐。

“果果，这些坛坛罐罐是干吗的呀？”俞妈妈问。

陈果果说：“因为下雨，放着它们用来积雨。”

俞妈妈拥抱了陈果果。“你要好好练琴。”

“俞妈妈，我知道，我会好好练琴。”

然后俞妈妈就为她的琴调音，调好之后，走出她的屋子，看到她家旁边有面歪歪倒倒的黄泥巴墙，俞妈妈有点担心，突然想起自己在国家音乐演奏大厅演出的时候，从金碧辉煌的大厅里恍惚看到的土墙，那预言一样的画面，在脑中闪回了。

俞妈妈对摄影师朋友说：“吴老师，我想在老墙旁边留影。”

吴老师说：“好的。”

就在镜头对着俞妈妈要拍照的那一刹那，俞妈妈突然听见陈果果房间里传来了古筝的声音，是陈果果在练琴。

那个声音，一传出来以后，就在田野的上空回旋。

俞妈妈觉得她弹的真的就是天籁之音，是动人心弦的绝美，那种魅力，一下子让俞妈妈被琴声所感动，眼泪控制不住地流下来了。

俞妈妈心想：这么美的声音，和她家的环境是多么的不协调。但是，再破、再旧的房子，它也能传出这么美的声音，所以，即使音乐和环境不匹配，也不影响她弹出这么美的声音。

那一刹那，俞妈妈也顿悟了：我肩上的担子和使命，不仅仅是教会他们弹几首曲子而已。我的责任，是引领孩子们将来能走出大山，能让他们走得更远、更高，让他们有诗和远方，要有理想，有抱负，要去实现。

吴老师按下了快门键，那张照片里，有俞妈妈凝视天空时的泪痕。

南京市玄武区自主择业军转干部马捷打电话给俞妈妈："俞老师好。"

"马主任好，你还在医院吧，现在身体康复一些了吗？"

"好些了，俞老师。是这样的，我听说了您在老区支教，我的内心触动很大，敬佩您的事迹。是这样的，我想邀请孩子们来南京游学，我当导游，车费住宿我来解决，怎么样？"

"这个提议很好，但你的身体刚动过大手术，这样能行吗？"

"我是男子汉呐！放心吧！要是可以我就着手安排了。"

俞妈妈笑容满面道："感谢感谢，这是孩子们开拓视野的好机会。我这就跟他们说。"

马捷在自己刚动过大手术、身体尚未完全康复的情况下，连续三天为从大别山区来南京游学的三十多名小朋友充当义务导游，全程陪伴他们游览中山陵、讲解雨花台烈士的英雄事迹。

孩子们兴高采烈地跟着俞妈妈和马捷一起认真地学习和游览，增长了很多丰富的知识，开拓了视野。

这件事后，很多家长给俞妈妈打电话致谢。

其中一位顾姓家长说："俞老师，感谢您对我们孩子这么照顾，我们都在外地打工，陪伴孩子的时间，还不如您多，最近我们听到孩子的琴声，把我们都听得不敢相信，我们在农村，没有条件让孩子学习这样好的一门艺术，之前还误解您，现在我们明白您的爱比山高，比海深！我们无以为报，定做了锦旗，您一定要收下！"

俞妈妈说："谢谢。您客气了，我很喜欢孩子们，既然决定了这件事，我一定会努力去做好，这是我给孩子们的承诺。"

从南京回到金寨小南京，有孩子说想在星空下许愿。俞妈妈答应了。

俞妈妈和古筝娃娃们相约在星空下的旷野漫步，大别山的星空特别清朗，繁星漫天，编织着一篇篇浪漫的童话。

他们以用手电筒对着空中绕三圈为暗号，然后从东西两头来会合，高唱着"山丹丹开花红艳艳"朝着彼此奔跑，最后，紧紧拥抱在一起。

俞妈妈看着星空对孩子们说："人间的善意，总能在风雨中，给我们力量。无论生活有多难，都要记得，天空越黑，星星越亮。"

古筝娃娃们用手指着星星记下了：天空越黑，星星越亮。

他们在黑夜里捉萤火虫，勇敢地朝着那一丝丝亮光扑过去。他们努力按捺住，思念的心跳。星星好像被掩埋在田埂里，有一群孩子，要在黑暗中刨出星光与绿叶。

那欢声笑语，打开了每个留守孩子的心扉，他们的心灵中，有一个永远的古筝妈妈。

六

五年后，在古筝考级现场，俞妈妈叮嘱孩子们好好发挥古筝十级考试，然后把孩子们送进了考级的现场。她耐心地等待着，终于她看到孩子们考完级后开心而幸福的笑脸。

第一批古筝班 30 个孩子在读小学期间全部通过了全国十级最高级的考试。家长和孩子们都热烈庆祝。

市里的韩部长是艺术学博士，她一头干练的短发，目光中充满了睿智与亲和力。她听说了俞妈妈的事迹，从六安来到金寨小南京村，看望俞妈妈和孩子们。想和他们一起参加这场毕业典礼。

俞妈妈说："孩子们，市里的韩部长来看望我们啦，大家欢迎。"

孩子们都热烈地鼓掌。

下面请韩部长为我们讲话。

韩慕雪很高兴，她走到孩子们中间说：“孩子们，我们今天的学习机会非常来之不易，要好好珍惜俞妈妈用生命付出的汗水，用最好的成绩回报俞妈妈，回报家乡、社会！”

孩子们热烈地鼓掌。

俞妈妈以一首《送别》之曲献给山娃娃们。他们听得依依不舍，感怀万千，非常认真。

此时，韩部长坐在班级后面，看到了孩子们在黑板上写满了给俞妈妈的话，深受感动。

“俞妈妈，谢谢您五年来的谆谆教导。”肖鑫锐。

“俞妈妈，愿您青春永驻，永远十八岁。”朱成毅。

“亲爱的俞妈妈，没有离别就没有更好的相聚，请别伤心。”赵智海。

“俞妈妈，您无私奉献的精神永远激励我们。”付志宏。

“俞妈妈大爱无疆，是您改变山娃娃。”鲁量悦。

“俞妈妈和您相处的五年，将成为我一生中最美好的回忆！”周漫君。

“俞妈妈，您是改变山娃娃命运的人。”陈果果。

……

还有黑板旁边一个风铃上挂着的白色小纸条，密密麻麻的写满了小字，韩部长拿起来看着：

她如天使般降临在我们的生活中，用音乐拨动着我们的心弦，她如同雨露，滋润着我们的心田，她的一言一行像阳光般温暖着我们。在我们懵懂无知的年纪，我们遇见了她，她平凡朴素，却每个月坚持来给我们上课，她身体不好，却从不跟我们说一声痛一声累，装作无恙的模样给我们上课，她经常性失眠，每晚利用药物来睡觉，她就是我们亲爱的俞妈妈啊！

犹记第一次接触古筝，见到俞妈妈时我呆愣的模样，那时心想：这位漂亮阿姨是谁啊！难道她就是来教我们古筝的俞老师吗？这一幕仿佛就在昨天。今天，我们却要毕业了，即将离开古筝班，离开这个充满欢声笑语的大家庭。不过，我坚信，每一次的离别都是为了更好的相聚，我们不说再见！五年陪伴，化为满满爱意，无论我们走到哪里，永远也不会忘记我们亲爱的俞妈妈，俞妈妈，我爱您，您辛苦了！山娃娃古筝班卫思琦。

……

俞妈妈说：“孩子们，我们一起到学校门口拍毕业照吧。”

古筝娃娃们齐声欢呼：“好嘞。”

在毕业仪式上，韩慕雪献给俞妈妈一束鲜花，亲切地给孩子们颁发毕业证书。

俞妈妈依依不舍道：“孩子们，以后不管你们飞多高行多远，请千万记得，世上有个俞妈妈，永远惦记并深爱着你们！”

古筝班山娃娃们也深情呼唤：“俞妈妈，我们也爱你！”

毕业典礼后，俞妈妈感到不舒服，而且孩子们也毕业了，就买了回南京的车票。

孩子们和俞妈妈分开了，非常想念她，有人看到她没站稳，就扶着她。

韩慕雪不放心俞妈妈，“俞老师，您一定是最近太累了，要好好休息。您要是回去我陪您，正好我也有事去南京。”

“好的，谢谢韩部长。”

两人一起坐上了去南京的车。俞妈妈由于长期辛苦的教学，诱发了癌症病情的加重，她累倒了，躺在医院里，插着氧气管。韩部长陪着她，握住她的手。

医生叮嘱道：“你不能再去山区了，你不能再累着，也不能感冒。”

俞妈妈摇摇头：“我不后悔。为了孩子我要去。”

“你这是拿命来做赌注！你这样辛苦，随时都可能没命！”医生很生气。

俞妈妈说：“等我休养好了，再去看看孩子们。我会好起来的。”

“俞老师，您一定会好起来。现在最要紧的是保重身体。”

“我知道了，韩部长。”

俞妈妈接了一个电话，听说有个到国家级音乐大厅表演的机会。

俞妈妈躺在病床上，有气无力，眼睛却带着光亮，“谢谢您们的邀请，我可以带我所支教老区的孩子们一起演出吗？”

得到需要经过表演视频筛选就有机会参加的答复后，她笑了，感激着挂了电话。

韩慕雪目光晶莹，被俞妈妈的精神打动，“俞老师，现在你只要好好休息，有需要我的地方，一定要说。”

俞妈妈说：“好的。感谢您！”

古筝娃娃们听说俞妈妈病倒了，闷闷不乐地回到教室。

他们在教室里面折千纸鹤，折纸上写满了祝福的话语。

折纸 1：俞妈妈，我希望死神从你的身体里飞走，他是因为羞愧而飞走的。

折纸 2：俞妈妈，我爱您。

折纸 3：俞妈妈是天底下最好的妈妈。

折纸 4：俞妈妈一定会好起来的。

孩子们折好后，由陈果果把它们都串联起来，系上了铃铛，挂在古筝班的教室里祈福。一阵微风吹过，它们叮叮当当地唱着动人的歌谣。

俞妈妈看见了孩子们拍的千纸鹤的照片，她的病情神奇的好转了。

她脸上苍白的颜色褪却了，化成了幸福的淡淡的红晕。

夜晚，她梦见了满屋子飞的都是千纸鹤，它们翩跹如诗，好美好美。

那些千纸鹤都能张嘴说话，说的都是孩子们用笔写下的话语。

千纸鹤 1：俞妈妈，我要做您身边的小天使，守护您的健康和快乐。

千纸鹤 2：俞妈妈，我想您，您一定会好起来。

千纸鹤 3：俞妈妈，您就是我的妈妈！我爱您！

俞妈妈的脸上幸福化了。伸出手，那些千纸鹤都飞到了手心里。用纸嘴把她身体里的癌魔——一缕顽劣的黑色火焰，衔了出来，带着它飞出窗外，并消失在天际。

金寨来了几个大城市来的文艺家，非常高调，能把各自的履历吹到天上去。名义上说是文化扶贫进校园。

几个中年文艺家站在天堂寨瀑布游玩，欣喜地拍着美照。

歌手成月说:“文化扶贫的任务简单，今天结束后，明天去哪个村瞅瞅？”

古筝演奏家胡发摸摸他的长发，言语轻蔑：“听说小南京村有个人教古筝，我也可以啊，我经常出国，资历上不比那个人差。我一弹奏，保证山里的孩子们惊掉下巴，哈哈！”

成月回道：“也是，农村孩子很难得见什么世面。哎，老胡，给我在这个点拍几张，这个瀑布漂亮。”

胡发热情地说：“好嘞！为美女服务！”

画家章允更是得意地说：“我都是大师级别的，我都来了。扶贫可是大事啊，这几天，我们好不容易来革命老区，总得给它带来点儿什么吧。”

瀑布之下，哗哗的水声，让他们扯着嗓子大声说话，言语中透露着居高临下的姿态。

两天后，在小南京学校古筝娃娃班，李校长把大家又召集回班级，“各位同学们，我们欢迎从大城市来的文艺家老师，他们来我们学校教学。大家鼓掌欢迎。”

古筝娃娃们热烈地鼓掌。他们单纯的以为，所有支教的老师都和俞妈妈一样。

古筝演奏家胡发说：“孩子们，下面我为大家演示一首古筝曲目《卷珠帘》。哦对了，听说教你们的那个是一级演奏家，那胡老师呢可是特级演奏家，经常在国外演出呢。”

孩子们听完之后，感到他弹奏水平远远不如俞妈妈，不过吹牛的水平倒是前无古人，但还是给他热烈地鼓掌。

上官笑东发问了：“老师好，您弹奏得很好，请问我们在弹奏的时候要注意些什么细节？”

“喂？嗯，是我，是我，首长好首长好。”胡发并不理睬上官笑东，转身就出去接电话了。

等胡发进来的时候，上官笑东把刚才的问题又问了一遍，他还是一个字都不说，场面很尴尬。

李校长圆场道："上官笑东，你问的太笼统，就不要耽误老师时间了。下面有请我们国家著名的演唱家成月老师给大家讲声乐课，大家鼓掌！"

孩子们的掌声不那么热烈了，孩子们开始想念俞妈妈，她是真正掏心窝付出的人，而不是走马观花来几天就走的人。

成月唱着自己的成名曲，唱完后也就结束了。没有任何针对少年儿童的音乐讲解。她还掏出了手机点来点去，一会儿望望窗外，着急离开的样子。

他们带来的一位摄影师在努力认真地拍摄"文化扶贫"高清照。

他们的到来，只是为了镀一层光鲜的荣誉、完成一种任务而已。并不能真正扎根农村，奉献老区。

孩子们面对这些人，感觉耽误时间，并且更加想念俞妈妈了。

上官笑东和上官笑西在小南京学校门口坐着，望着远方。

他们的心中多了一份思念。他们忽然看见了赵玉宇，就走上前。

上官笑东问："赵老师好，听说俞妈妈最近要带我们去大城市演出，她会回来给我们排练节目。您可知道俞妈妈什么时候回来吗？"

上官笑西也问："对啊对啊，赵老师，你知道吗？"

"你们想她了吧，俞妈妈很快就回来了。你们要好好学习和生活，这样她才放心。"赵玉宇摸摸他们的头安慰。

七

俞妈妈的身体才刚恢复一点，就回到了金寨小南京学校，刚探出头来，大家就从三楼"咚咚咚"地快步飞下楼，然后一个个一圈圈的把俞妈妈抱住，用清脆的童声喊："俞妈妈，俞妈妈。"

俞妈妈再次幸福化了。这个场景使俞妈妈回想到自己被检查出患癌症之前，眼前出现的预言的画面。

俞妈妈说："孩子们，现在有一个到国家级音乐大厅演出的机会，我们还要继续努力，排练精彩的节目，争取选上，好不好？"

古筝娃娃们异口同声地笑道："好！"

一位 70 后《人民日报》摄影记者，也是中国摄影家协会理事的刘书海来到小南京村拍摄摄影作品，准备参加全国的大赛，他正好看到了这个场景，被深深感动。

刘书海思考着：城里的孩子都对老师有畏惧感，而这样亲密的师生关系早就超出了本身，现在的教育关系不正应该是这样吗？亦师亦友亦亲人？

他顾自说完后，抓拍了一张张令人感动的照片。

孩子们激动不已，一个个搀扶着俞妈妈上楼。就像自己的妈妈回家了一样。

到了三楼教室里，俞妈妈给孩子们指导，给其中一个女孩指导的时候，有孩子在她身后放下凳子，让她坐下来。

孩子们知道她容易腰酸背痛，等她坐下来的时候，就给她捶背，给她捏肩膀。俞妈妈此刻很幸福。

俞妈妈想着：如果我的身体允许，恨不能天天都在小南京村，教孩子们弹琴。

这时候俞妈妈发现班里弹琴最好的孩子之一的陈果果一直没来上课。

俞妈妈问大家："同学们，陈果果没来上课吗？"

孩子们纷纷说她转学了。

俞妈妈非常惋惜，课后去了陈果果爷爷家的土房子找她，发现房子已经空了。

俞妈妈心想：奇怪，果果和爷爷去哪了呢？转学也不说一声。

她不知道是怎么回事。面对着那面土墙，回忆屋子里曾经传来的美妙琴声。它带给自己从未有过的震撼心灵的感动。

俞妈妈转而去了她爷爷工作的油坊，油坊的门关着，也没有找到。

俞妈妈带着心中的疑惑，只好暂时放下这件事。

《人民日报》记者刘书海一直在俞妈妈所住的小南京怡然居院子里，等待着她回来。

终于，他远远地见到了刚从油坊回来的她。

“俞老师您好。我是人民日报社的摄影记者刘书海。”

“您好，刘老师，您来金寨采访吗？”

“是的，我一直在安徽寻找题材，听说了您的事迹，我就过来拜访您了。”

“谢谢，谢谢。请进屋。”

在怡然居的客厅里，蔡薇薇端来了一壶茶，为刘书海倒茶。他注意到俞妈妈的茶杯旁边有许多小药瓶。

“俞老师，我有一些媒体朋友准备参加一个全国性扶贫摄影比赛，都去了其他地方，我觉得您的事迹是文化扶贫的最好展现，于是来了。加上金寨这个养心而特别的将军县，给人肃然起敬的感觉。”刘书海说明了来意。

俞妈妈说：“辛苦您远道而来，我来到金寨也是因为这里是我父亲曾经战斗过的地方，是红色的热土，我循着父亲的脚印，学习大别山精神，也是重走红军路。文化扶贫或支教，对我来说，是我唯一能做的一点事，只要孩子们有收获，未来老区就有希望。”

刘书海说：“金寨确实牺牲奉献很大，您的事迹也感天动地！俞老师，我准备在小南京住一周，多拍摄您和孩子们学习古筝的摄影作品。”

“谢谢，过奖了，非常欢迎您的到来。这么晚了，住处找好了吗？”

“找好了找好了。”

“俞老师，您辛苦了一天，您早点休息啊。”

“好，您也早点休息。”

俞妈妈坐在屋内的古筝前，开始准备音乐大厅的重要演出。

她将三首古筝音乐《映山红》《红星照我去战斗》《山丹丹花开红艳艳》组合在一起，弹奏编曲。

怡然居外，传来了阵阵动听悦耳的古筝乐曲。

演出的古筝音乐里面有《映山红》，正好春暖花开，阳光灿烂了，在大别山金寨黄狮寨上，漫山遍野都是映山红的花的海洋，足有上千亩地。

万壑千岩的石缝间开出了一簇簇鲜艳的映山红，在巍然屹立的大别山中，仿佛簪花的美人，遗世独立，守望故乡，倾露隐世之美。

传说映山红是红军的鲜血浸染而成，否则不会那么鲜、那样艳！一簇簇花朵如灼灼火焰，翩翩红云，铺满山岗，一片深情凝望着大别山热土。它是独具魅力的金寨红，是孩子们心中永恒的色彩。

俞妈妈带着孩子们去了有映山红盛开的黄狮寨，给孩子们讲述红军的故事，一路上欢歌笑语。

风，把花瓣一个挨一个铺满长江水，春水碧绿如玉，似被皎洁的月光洗涤过。

黄狮寨上翠色欲流 ，鸟语花香，不经意间就走入了一幅千里山水画卷中。

到了地方，俞妈妈见到了刘书海，他提前开车过来把古筝摆好了。孩子们就在花丛中弹奏。

当全国各地的游客来到这里的时候，闻到了花香，听到了大山传来回旋山谷的清音，顿时，仿佛就回到了战火纷飞的年代，眼眸里闪烁着别样的光芒。

刘书海和几个朋友开始录制视频，视频效果非常棒。

刘书海正在居住的民宿房内剪辑、制作演出的景区视频，古筝班山娃娃的作品是唯一一个实景表演视频，映山红、紫荆花与洁白的野樱，连缀在连绵不绝的山脊上，清穹如海，涌来一浪高过一浪的粉红浪花。还有很多蝴蝶在花间飞舞，音乐更是缭绕山涧。制作到凌晨后，他发送给主办方。

接着他开始在电脑上整理拍摄俞妈妈和古筝娃娃们的摄影作品，他精选了一组最好的照片，发给国家主办的文化扶贫主题摄影比赛方。

其中一张照片，是俞妈妈和孩子们的合影，他看了很久，欣慰地笑了。这是他最满意的作品。

俞妈妈坐在自己的屋内一直在准备谢幕，她是不能弯腰的，因为一弯腰就很酸痛。但是她还是努力的去练习弯腰，要知道那多么疼。

蔡薇薇端来一杯枣茶说："俞老师，您注意身体，您也太敬业太认真了。"

俞妈妈接过茶喝了口说："薇薇姐，我没事。我准备一下，上台是要精气神儿的。"

刘书海正在小南京农业生态园欣赏美景时接到电话，得知他拍摄的俞妈妈和古筝娃娃们的摄影作品获得了全国金奖，也得知了古筝表演视频通过了层层选拔，俞妈妈能够带孩子们去国家音乐演奏大厅表演了，他非常激动，准备也去欣赏演出。

收到了选拔上在国家音乐大厅表演节目的消息，孩子们非常兴奋。俞妈妈和古筝娃娃们先是来到金寨排练厅的剧院舞台准备排练。韩部长来到了排练的现场，并且带来了定制好的服化道具、设备。孩子们摸到新衣服非常开心。

俞妈妈亲自给孩子们提前设计好发型，给他们梳头发。就像妈妈一样温暖着他们。

其中有个男孩穿着统一的红军装，系着红领巾和红袖章，但裤腿上的绑带系不好，俞妈妈细心地帮他系好。

孩子们化了妆，俞妈妈穿上了军装，在剧院里一遍遍的排练、演出，非常的辛苦。刘书海送来了水，并拍摄一些排练的照片。

韩部长有很多大型舞台指导经验。她认真地观看古筝班孩子们演出。演出结束后，她提出一些建议。

韩慕雪说："俞老师，孩子们，辛苦了，排练非常棒，只是有些小细节，需要调整下。那个坐在第三排中间弹奏的女孩，你的坐姿再直一些，拿出精气神儿来。我们是在俞老师领头演奏之后，再合奏，孩子们要弹得再齐一些。再来一次，我们就休息。"

女孩点点头，把后背挺直了。孩子们做好准备，再来一次。

古筝乐曲再次响起……

韩慕雪鼓掌表扬道："这次很好，大家辛苦了，来休息会儿。"

俞妈妈说："让我们感谢韩部长的重视和辛勤指导！"

孩子们和俞妈妈一起鞠躬。韩部长很感动，脸上露出欣慰的笑容。

刘书海见到了正在指导的韩部长，走上前问候："韩部长，您好。我是人民日报社的记者刘书海。很荣幸见到您。"

韩慕雪听说过他也来到老区金寨，很高兴地说："刘主任您好！您能千里迢迢来到老区，也是我们的荣幸。我听俞老师说起您，感谢您为我们老区创作了那么多的摄影作品，它们太珍贵了！辛苦了！"

"不辛苦，这是应该的。"刘书海说。

八

孩子们来到了北京参赛，看到首都的夜景霓虹闪烁，他们赶路累了一天，晚上在宾馆很快睡着了。

国家级的一家音乐演奏大厅在演出前，突然被通知下午演出改到上午演出了。俞妈妈很着急地带大家赶车，由于北京堵车非常严重，所以车总是要停下来等待，俞妈妈在车里给大家鼓劲儿。

"大家不要着急，能来得及。北京堵车厉害。大家把心情放松。"

等俞妈妈带孩子们到音乐演奏大厅的时候，演出就要开始了。

在等候区，一位女工作人员对俞妈妈发火："怎么搞那么慢？不想比赛了？不就是一个带队的吗？！动作那么慢！快点快点！！"

俞妈妈因为连日排练早已体力不支，她浑身酸痛，而且昨夜失眠，但是她咬牙坚持，蹲在孩子琴边调音，面对激烈的批评，竟然一声不吭。

俞妈妈不仅没有解释，而且赔着笑脸，她的内心只有一个信念，要让孩子们演出成功！

孩子为俞妈妈放下自己的身份来调音而深深感动和震撼心灵。要知道此前，她在国家音乐大厅里演出，是最受尊敬的艺术家。

俞妈妈的内心激动着：能让农村孩子在大舞台上弹琴，付出一切都是值得的。

正式演出的时候，开场古筝娃娃们身穿小红军服装，一起说四句话，清澈如山泉：

“我们来自山村，

我们来自乡下，

我们是红军的后代，

我们是，会弹琴的山——娃——娃——”

接着，俞妈妈领头弹奏《映山红》，山娃娃们再一起弹奏，那个声音一出来，在场的很多观众，眼泪唰地就流下来了。

音乐大厅里响起的不止是天籁之音，还是希望，是奋进，是未来，更是一曲大爱神话，在耳畔诉说着永不落幕的故事。

最后俞妈妈谢幕，她一直像军人一样严格要求自己，在她带领山娃娃们谢幕时，她弯下腰鞠躬的那一刻，那是最美的时刻。

观看演出的领导和观众们竖起了大拇指：俞妈妈，山娃娃，好样的！

刘书海，还有很多的记者都在摄影，场面激动人心。

家长也哭了：“我们祖祖辈辈都是农民，我们没有想到孩子能在那么大的舞台上演出！”

所有人都起立鼓掌。为古筝妈妈，为来自革命老区的红军的后代——会弹琴的山娃娃们。

摄影机在电视上同步直播着。一位爷爷在金寨看电视直播，他激动地说：“我最大的梦想，就是能在电视上看到我孙子弹琴，现在真的实现了！”

演出结束后，俞妈妈看到陈果果来了，她送来一大束鲜花。

俞妈妈吃了一惊，和她紧紧拥抱。

俞妈妈问：“果果，你后来转学去了哪里？我还到处找你。”

陈果果说：“俞妈妈，对不起。我的爷爷在送油路上出车祸去世了，我就没有住那间老房子了，爸妈回来了，就把我接到其他地方住了。”

俞妈妈摸摸她的头，怕她为自己买花会花钱，又塞给她两百元，让她买学习用品。陈果果不要，但俞妈妈还是塞给她了。

阳光明媚，古筝娃娃们手拉手走出音乐大厅，走出了长长的一排。

古筝娃娃们笑容灿烂，未来在向孩子们招手。而俞妈妈一直像蜡烛一样燃烧着自己……

希望之旅

一

1997 年的一个深冬午后，暴雨骤至，狂风鼓起腮帮子用力呼啸着，将雨剑刺向行色匆匆的人们。

一位身形佝偻的老人，在走向火车站的路上踽踽独行，活像一座移动的山丘。他背上的平原去哪儿了呢？他的背影呈现物换星移的沧桑。

这位白发苍苍的老爷爷，用他瘦弱的肩膀担着一条旧扁担，扁担上的四个麻袋盛满了书籍，恶劣的天气让他在走出文庙图书市场的路上举步维艰。

那条扁担原有的色泽已被他的肩膀磨旧，不知这根扁担是采自深山老林的杂木，还是取自峡谷山涧的毛竹，其中仿佛沉淀了一个老故事。

这抖威风的坏天气，让他想起了山区里七十多名孩子，他们拥挤在残破的矮房教室，门窗和屋顶总被风雨侵袭，课桌只是他们各自从家里带来的旧木板。一双双渴求读书的大眼睛，像茫茫夜空中熠熠发光的星辰。他加快了脚步，裹紧了单薄的衣衫。

他的腿酸到了极点，裤腿里晃动的，似两根干枯的木柴棍，但信念让他的步伐越走越远。这里距离大别山六百多公里，谁能想到他瘦弱的躯干偏要屡屡奔波劳苦，贴近那遥远的大别山。

他知道，自己的肩膀上挑起的不是几个麻袋，而是一代代希望。乘上回清心镇的火车，火车的轰鸣声是奏响希望之路的序曲。窗外的小草熬过了一场大雪，倔强地钻出土壤，冒出嫩绿的芽尖儿。

坐了三个小时火车，回到清心镇时，雨停了，空气格外清新。暖阳透过杏叶吻在行人的脸上，微风拂过，将杏叶折成万千把摇扇，摇曳至整座古镇遍地金黄。

他再次挑起扁担，将四个麻袋担去各个乡镇的中小学去卖，徒步十几公里，不顾前路迢迢。每逢有路人说爷爷是个勤劳的卖货郎，他都和蔼地笑笑。他的“货”啊，都是一本本爱心之书。

“义卖图书，义卖少儿读物，捐献给山区希望小学的孩子们咯！”

每当老爷爷将麻袋里的书籍整整齐齐地一字排开，放在长桌上，满心欢喜地叫卖起来时，放学的孩童们就围在他的身边，来看看他今天带来了什么好看的读物。

他身着一件老式灰黑夹克，脚上的皮鞋布满褶皱与尘土，但眼睛的光芒充满希望的明净。他瘦小的身影像是一件剪纸作品，佝偻着弯曲的脊背，面对稚嫩可爱的孩子们时，身躯再压低了数度，只为和他们站在同一角度，似一根谦逊的、有韧劲的芦苇，朴素而有思想，遇到和煦暖阳，放下身段，盈盈一笑。

老爷爷姓希，名叫希望，是一位退休的乡镇教师，常常用自己省下来的工资寄给大别山山区里家庭条件困难的孩子。时间久了，他发现单凭工资中省下的钱，无异于杯水车薪，于是想到了义卖图书赚取差价的办法。

“希老师，这本奇幻儿童故事《橘人》多少钱？”一位家长问。

“五元。”希爷爷腼腆一笑，他是害羞的内向性格的人，除了面对家人、孩子，他的笑总有些不好意思。时光褪去了他漆黑的发色，但他的爱心之火愈燃愈旺，作为六旬老人精神头儿不输给二十来岁的小伙子。

“这么便宜，我带儿子再挑一本。”

忙碌了一整天，希爷爷又将卖剩下的书籍装进麻袋里。

他挑回两个麻袋，肩上的扁担此刻轻盈了许多，想到渴望上学的孩子们，他忘记自己奔波十几里路带来的疲劳，一路哼着歌儿："我们的家乡，咳，咳咳，在希望的田野上，咳咳咳……"

那根扁担，是移动山丘的地平线。不到夜凉，你是不会看见地平线消失的。向着地平线延伸的方向移动的人，一定是胸怀梦想的人。天有多广大，地有多开阔，地平线就有多绵长……

一天下来，希爷爷的身体有些吃不消，他去年得了肺炎，不能吹冷风，但他总是打破禁忌。

他弯曲的脊背使得他像一棵熟了的麦苗，在金色深秋里躬行万亩，但心灵的收割机奔向笔直的大道，不愿停歇。

他为孩子们奔波时，像一座笃行的移动山丘，没有泰山的巍峨，没有衡山的秀丽，没有华山的险奇，却化身将军故里的翠色山丘，不够高大，不够绵延，更不够震慑，寡言少语，寂寂无闻，却在不经意的瞬间，凿开你心灵的庙宇。他胸膛里那热烈的怦怦心跳，就是他凿壁三尺的锤击声声……

二

回到清心镇的家里，希爷爷的房间里没有什么像样的家具。屋角的一个小冰箱和卧室里的电视机还是他女儿单位发的福利。

在这样贫寒简陋、不足八十平方的房间里，有一大半都堆满了义卖的图书。老两口可住的地方只有三十平米，小卧室里勉强够放置一张床。

"老头子啊，还记得吗？"希爷爷的老伴余奶奶端来了刚刚熬好的冰糖雪梨，端给希爷爷，他的幸福感油然而生。希爷爷一口气全吃完了，还剩下一半的雪梨汤。

"咳咳，老太婆，你是想说？"他看着满头银丝，面色依旧红润的余奶奶，似晚雪遗落在红梅上。她细长的手骨，又似一丛旧竹，沾满了梅香。

“我怀贝贝的时候，你给我买的一袋红糖，补补气血的，你竟偷摸拿走一半送给苏北灾区，打肿脸充胖子。”

希爷爷从容地笑道：“这事你一年说好几回，都成歇后语喽！老太婆，咳咳，你啊，你都容忍我一辈子了，咳咳咳，就别想那些小事情了，那些孩子真正需要帮助啊。”

“我不支持你，还能和你过到现在啊？你本来就不注意身体，再没个人照顾，那些孩子可怎么办？”余奶奶说着，头顶上方突然砸下一本书来，砸到了她的脚面上。

“哎哟！”余奶奶缩回了左脚，惊魂未定。

希爷爷慌忙拾起这本《魔蚌》，为她脱去棉拖鞋，轻轻的揉揉左脚的脚趾，紧张地看着余奶奶问：“老太婆，没事吧？”

余奶奶摇摇头，抬头一看，破旧的屋顶上，悬挂着一满满竹篮的儿童读物，那本书，就是溢出来的那本。

余奶奶狐疑地盯着希爷爷，希爷爷赶紧解释道：“对不住老太婆，这些书，咳，咳，我们的房间已经堆不下了，我就拴了一篮子，明天一早，咳咳，我就去实验小学义卖，咳咳。”

希爷爷很歉疚，他的心牢牢的拴在了贫困孩子的身上，这辈子也解不开了。

“你就是个傻子！你忙活一辈子把自己的生活搞得那么苦，你到底图什么？”余奶奶望着家徒四壁的老屋，鼻头顿时酸疼起来，像是嚼碎了一串酸涩的葡萄，心疼老伴欠佳的身体，又想到女儿出嫁的嫁妆钱都被老伴“克扣”，捐给那些需要用钱的孩子。再忆起女儿一时间被婆家冷眼相待的画面，就很难受，眼泪涔涔，怎么也抹不完。

“图一个希望。老太婆，别那么多愁善感啦，咳咳，大傻子啊给你唱首歌，咳咳，你消消气，啊。我们的家乡，咳，咳咳，在希望的田野上，咳咳咳……”尽管希爷爷一直咳嗽，还是能听出他底气十足的民族唱腔，有如林籁泉韵。

“别说话了。”余奶奶被希爷爷逗乐了，轻捂了他的嘴巴。她又想起了冰糖雪梨汤，便放开手，端起剩下的已经泛凉的半碗汤，自己喝了下去，接着说，“老头子，你一不注意就咳嗽，下回出去戴个帽子、口罩，你不能见风。我给你钱，你买辆三轮车。以后不要挑担子，你扛不住的。”

听到余奶奶无条件支持自己挖出的“爱心无底洞”，希爷爷点点头，笑得像一个纯真的孩子。

“老太婆，汤凉了没？”

“还热乎着。看你傻乐的，熊样。”

余奶奶还是深爱着希爷爷的，深知他善良的为人，当初嫁给他，也正是看中了这一点。把钱省给孩子，总比把钱拿去赌博玩乐强千百倍。再说，这些年的辛苦没有白费，一根扁担，让50多名辍学少年走出大山，成为大学生，这是多好的积德行善啊。

“老太婆，我……爱……哎……”希爷爷欲言又止，脸上的一道道皱纹是爱的年轮，脚下的一寸寸足迹是爱的耕耘。他不知该如何表达自己对余奶奶的爱。人到老年，不再像年轻时爱得那么轰轰烈烈，干柴与烈火一秒钟就能燃烧整个冬天，而时间老人酝酿出的爱更香醇悠远、回味无穷。

希爷爷本来想省钱，不买三轮车，但他拗不过余奶奶的坚持，她交待一定要买，省时省力。购来三轮车时，他兴高采烈了好几天，可总觉得盛满书籍的三轮车还少些什么，有天清晨，他灵光一闪，去了文化用品店，定制了一面鲜艳的小红旗。

从此，用扁担一步一步挑出50名大学生的扁担爷爷，变成了一脚一脚踩出希望的三轮爷爷。时代在进步，物质条件在发展，希爷爷也更换了“交通工具”啦。

从此，每次希爷爷外出卖书，都骑着一辆青绿色的三轮车，在车前插上一面小红旗，上面写着醒目的十三个字：“为希望工程义卖图书，风雨无阻。”路人遇见了纷纷回头看他，久而久之，大家会习惯性地说：那个义卖的老头又来了！

每天将三轮车停在桂花路公交站牌附近后，希爷爷便将两个大麻袋扛在肩膀上，背上的平原就是这样日积月累地落成了一座山丘。

这天，希爷爷像往常一样，好不容易挤上了 206 路公交车，才舒了一口气。奇怪的是，他背上的重量忽然轻了下来。

“希老师，我们帮您卸下来，您坐这里。”两位中学生都礼貌地让座，一起帮他把两袋书都放下来。

“谢谢，谢谢。哎？张涵，刘东，是你们啊？你们都长这么高啦？”希爷爷和蔼可亲地看着自己曾经教过的学生。

张涵和刘东微笑着点点头，一起回答：“是我们啊，希老师。”

“希老师，您身体还好吧？”刘东问道。

“呵呵，老师身体挺好的。谢谢你的关心。”

“他是老师？”挤在张涵旁边的一位中年男人对张涵低语问道。年轻男人见穿着简朴、身负重物的希爷爷更像是“苦力者”。

“是啊，希老师是我们的语文老师，他已经退休了，他每天还坚持挑几十斤扁担，来去几十里路，为希望工程的孩子们义卖图书。”张涵认认真真地回答。

听到张涵回答的乘客们都对希爷爷投来了钦佩的目光，或多或少的勾起了他们想做爱心善举的想法。

“感动，这样的人太少了！”中年男人向希爷爷竖起大拇指，希爷爷颤颤巍巍地起身，对他腼腆地笑了，露出残缺了半排的牙齿。这个笑容忽然让中年男人想起了什么，他闭上眼睛回忆着，等到睁开时，喉头哽咽了。自己在上小学时，有位笑容腼腆、英俊潇洒，上课非常风趣的语文老师，伴随自己走过最快乐的童年。

他高大挺拔，像是一棵笔直生长的黄山松。他的粉笔字是全校最漂亮的，还有一头黑过美女老师的漆发。可记忆中的他全然变了，他白皙平整的面容仿佛还在昨天，却不知被谁揉得皱得不成样子，他那被扁担压得完全变形的脊背，像是折了枝的百年迎客松，刺痛了他的心。

中年男人想起刚才希爷爷起身时的画面，再次闭上了眼睛，记忆里的他还是步伐稳健、明眸皓齿的啊！时光啊时光，为何如此决绝，掠走他俊朗的容颜、挺拔的英姿，只有那明净的腼腆一笑，善良的灵魂驻守，不，死守。死守着一个执念，永不磨灭。

回去的路上，路过低洼不平的江南水乡的乡间小道时，刚学会骑三轮车的希爷爷，不小心连人带车翻倒在田边，他的额头磕到了田里的石头，摔破了，流出了梅花瓣似的点点血迹。

希爷爷的视线模糊了起来，碧绿的池塘、清丽的花朵、白墙灰瓦的古屋，似被莫奈绘成了一幅朦胧的印象画作。

他晃晃头，头有些晕，但他不在意自己的伤口，看到散落田野的书籍，一页页都脏了，希爷爷顿时心疼不已，赶紧用自己的白色衬衫袖口一本本、一页页慢慢擦拭。

他的眉心像两朵越来越近的愁云，哽咽的喉头叹息地喃喃自语："头破了不要紧，孩子们的书可怎么办啊！哎！"

希爷爷艰难地爬了起来，将书籍都一一装回三轮车里，重新上了路，这回，他慢慢地骑行，漫游田园小径，生怕再颠坏了这些宝贝疙瘩。

三

十年后，2007 年了，时光快得像穿堂小跑的风，有时候，还不经意地撩起记忆的窗帘。

又一个凛冽的傍晚，大别山山区一户贫苦一家，薄薄的窗户纸被冬风吹破了，屋里仅有的暖气像是被咬了一口的灌汤包，"哗"的一瞬间热气散尽。

"跪下！"中年男子何超下唇颤抖着，声色俱厉地指责她的女儿何晶晶。何晶晶扎着两根乌黑可爱的麻花辫，水汪汪的大眼睛好似可以养一池的睡莲。

16 岁单亲女孩晶晶弯下膝盖，"扑通"跪地时的声音像是青花瓷片碎在地上。她委屈的泪珠似被打通的泉眼，流淌不完。"爸，我真的不想念书了！"

“不念书就没出息！我知道你怎么想的，你别管我，我这腿没事。”

“你的腿摔了，需要修养，不能再干农活了。让我回家吧！我可以挣钱的！”她跪行到爸爸跟前，用渴望的眼神看着他。

何超的小腿已经骨折得不能动弹了，膝盖以上还能动，他便坚持跪行着下田种菜，挑粪施肥。就连去镇上坐车卖菜，也是一路艰难跪行，再这么下去，他的腿就彻底废了。

“别拽我，跪着别动！好好反省！”何超翻了一个冷漠眼，就用膝盖跪行回屋去了，即使他膝盖上的裤子磨破了两个洞，也不愿意让女儿补好，说是别人看到了洞，买菜的人会多一些。他忍着剧痛，不去看医生，只为了给女儿省下学费。

去年冬天，他修家里漏雨漏风的屋子时，不小心摔了下来，导致严重骨折，医生叫他好好修养半年，他没法儿听话，因为家里需要他做农活，种生姜、制茶叶，赚些生活费养家。由于长期劳作，没有休息好，每到天冷的时候，腿就疼得厉害。

晶晶见爸爸走了，才起了身，她怕风冻得爸爸腿更疼，便拿了塑料袋去屋外遮挡漏风的窗户。寒风刺骨，一座“山丘”在不远方蜿蜒的小路上匀速移动着，她定睛看了看，是一位驼背老者的身影，他离自己越来越近了。

她竖起耳朵，隐隐约约地听见他的歌声：“我们的家乡，在希望的田野上，炊烟在新建的住房上飘荡，小河在美丽的村庄旁流淌，一片冬麦，那个一片高粱，十里哟荷塘，十里果香，哎嘿哟，哎嘿咦嘿呀……”

晶晶紧缩肩头，搓了搓手，脸蛋被冻得通红。“我最喜欢这首彭丽媛唱的《在希望的田野上》。我们的家乡，在希望的田野上……”

唱着唱着，雪女来了，她洒下无数的雪花瓣，让大别山美到不出尘。她听得见，雪从诗行间弥漫的沙沙声。

这位老者正是希爷爷，他从外省的清心镇来到大别山山区，已经奔波了八个多小时，他准备将自己辛辛苦苦义卖得来的爱心捐款，交到全国第一所希望小学的车校长手上，保证每一个有困难的孩子都能得到帮助。希爷爷的手里还拎着两包学习用品和糖果，是用来看望孩子们的。

“孩子，你怎么一直撇着嘴唱歌，像个打油壶哦，有心事吗？”希爷爷见晶晶一个人站在屋外，瑟瑟发抖，便走近她问。

晶晶见这位老爷爷目光柔和，眉目慈祥，便吐露心声：“我就要辍学了，爷爷，其实我不想的，但是爸的身体更重要。什么希望都没有了。”

“辍学？那可不行，你还小。孩子，你不会辍学的，上学重要，爸爸的身体也重要，你把你的学校、班级、名字写在我这里。”希爷爷说着，拿出一个破旧的笔记本递给晶晶。

晶晶随意翻开其中的内页，笔记本上的字迹密密麻麻的，详细记录了每一笔捐款的数额、流向、姓名、联系方式以及被资助人的详细资料，还贴着汇款单的存根。

“看来，您是一位大善人！帮助过许多人！”晶晶再度看着跟前这位不起眼的老人，他佝偻的身躯把他的身高折了一半，但他的身影愈渐高大起来。

“谢谢。孩子，你写下来，你就有学上，你爸爸的身体也会好起来的。”

“真的吗？我家还有希望吗？”晶晶愁苦的脸如春天的蓓蕾，蓦然绽放数瓣芳容。

“相信这些雪花吗？”希爷爷看着晶晶长长的睫毛，又指着天上簌簌落下的静雪。

据说，雪是苍天褪去的容颜。睫毛能接住雪花的孩子，长大后将拥有盛世容颜。

“相信。我来写。”晶晶按照希爷爷说的认认真真地写了下来。

“乖，好好学习，晚上早点睡一觉，第二天一切都会好起来。”

“爷爷，谢谢您的好意。我今天一定是遇到了神仙。”

“呵呵，爷爷还有事，先别过了。记住我的话：每个人从出生那天起，心中都被埋下了一粒希望的种子，总有一天，那粒种子会发芽、抽枝、开放美丽的花朵。只是种子的种类不同，发芽的时间也就不同，但是，只要心怀希望，石头也能开花。所以，不要急，不要哭，永远别放弃，该属于你的，总有一天会以最好的姿态到来。”

晶晶目送这一小座移动“孤峰”渐行渐远的身影，爷爷的话还回荡在耳边：“每个人的心中都埋着一粒希望的种子，总有一天，那粒种子会发芽、抽枝、开放美丽的花朵。只要心怀希望，石头也能开花。”

“在外面傻愣做什么？快进屋！”低于她腰身的父亲一膝一膝地跪到女儿身旁，用竹竿把自己脱下的棉袄撑在她的肩膀上，而父亲单薄的身躯瑟瑟发抖，手、脸被冻得通红。

晶晶立马脱了下来，塞进父亲的臂弯。“爸！你自己怎么不穿？我不冷！”

“别叫我！你个没出息的！快穿！”何超把棉袄用力地扔在女儿脚边，就甩脸离开了。

晶晶幸福而委屈地捡起来。她想起希爷爷的话，她笃定着：我要心怀希望。要努力读书，改变大山的生活面貌，做一个像希爷爷这样甘于奉献的人。

“我不求自己做一个优秀的人，但求做一个不那么优秀，但是倾己所有、奉献大家的人。”晶晶突然悟出了这个道理，将它脱口而出。这个道理连她自己都震惊，这是她的价值观，这是她的方法论。

她想：一个人过好了，拍拍屁股离开大山，走出大山了，让自家的车辆加塞在虚无的繁荣富庶中，那不是真的出息。一个人能让一片区域好了，并且感染所有人，能够改变困境的人，才是真正伟大的人。毛主席就是这样一个人。

总有一天，我心中的大石头能放下，并且落地开花，开得绚烂、开得热烈、开得漫山芬芳、开得万紫千红！

四

转眼又是十年，时光像个欢快的孩子，赤着脚丫，不知不觉的，便蹦蹦跳跳地窜到了婚礼那天，在喜帖上写下 2017 年。

希望之树的第一颗种子，被种在大别山深处冻土里，希爷爷祈盼看到，希望之树枝繁叶茂、硕果累累的那一天。他决心再去大别山，这是他第 99 次前往这座心中的第二故乡了。

走到夜里，他走得累了，就简单的铺了一块毛巾毯，准备睡在大别山的山脚下。夜晚的大别山脉，星光璀璨，星星和山石低语，他们回忆红军翻山越岭的峥嵘岁月，他们也展望山区人民的美好未来。

冷风吹过，希爷爷的寒战不断，可他一点儿也不在意，躺下时看到漫天繁星，它们迷离成孩子们渴望读书的眼神，明亮的目光聚集在一间昏暗的教室里，朝他可爱地眨眨眼，一闪一闪亮晶晶。

月亮弯弯的，挂在树梢，万物都睡着了，只有几颗寥星还在守哨。暖色的月光打在他的面庞上，显得格外温馨，光影可以随意拉长或缩短人的影子，像是一位搅糖稀的老人，两根小小的细棍儿就可以将人生甜度调和得刚刚好。

第二天清晨，希爷爷从山脚下醒来，正准备起身继续赶路，却被眼前的晨景惊呆了。

落羽杉与大别山层薄而出的迷雾交相辉映，在天堂湖上游，芦苇枯丛邂逅了三两只中华秋沙鸭。

和风飘拂的一月梅花雪，浅浅地撒在栈道和碧叶间，一对对清浅的脚印和一道道车辙印出一副精致的浮雕画来。

玉兰谷中，一簇白玉兰似的景观，点醒冬困。不经意的回眸，黄绿色的梯田醉人心扉，似一片金钿镶嵌在绘就史书的深墨中。青山下的袅袅炊烟像是屋顶燃起的一炷香，飞鸟是常来常往的香客。

起身后，希爷爷佝偻的脊背让他很难在行走时赏到“初冬晨曦雾朦胧，远山近水丹青中”的山水实景画，他便低下头来，钟情大地，欣赏碧绿的小草、敏捷的蚱蜢，嗅着怡人的花香。

“希老，希老，您又不顾一切地来了，太辛苦您了，这一路该有多远啊，累坏了吧？孩子们都等着您呐。”个头有一米八的 80 后校长车远行远远地迎上已经疲惫不堪的希爷爷，一把扶住他老人家，紧紧地握住他这双骨瘦如柴的手。

“不远不远，车校长。我就住在孩子们的心灵隔壁！”希爷爷翘首遥望着希望小学，教学楼前的五星红旗迎风飘扬，被白雪映衬得更鲜艳了。

84岁的希爷爷奔波600多公里，第99次来到了全国第一所希望小学。抵达目的地的他，慈祥的笑靥如这一地洁白的冬雪，玉骨冰心缓缓开。

走到校园门口，希爷爷看见100多个孩子们都手拿自制花束，蹦蹦跳跳、欢呼雀跃地欢迎自己的到来，花束是由浅黄、蓝紫、粉白色的野山花扎成的，这是他这辈子见过的最纯真的花朵。

他疲惫的身体遇见山区孩子们那深切祈盼的目光，浑身的疲倦化作一束彩色气球，向深邃的天幕飘远了。

忽然间起风了，山路和松柏之上的初雪被夜风吹乱，一粒粒倒回天空，厚厚棉被似的雪，像是被抽走了棉絮，愈渐薄了起来，成为一条丝帕、一缕轻烟……

希爷爷太累了，车校长安排他到自己家先好好的睡一觉，养好精神。

“不，不，我住在小学里，我想体验一下孩子们的新学校环境。真的。对了，我的捐款和物品给您，麻烦给那些需要的孩子。”

“谢谢您！来我家住吧，学校没有家里暖和。”

“没事的。车校长，听我的吧。”

车校长费了好多口舌也劝不了他，便说：“那您等着，我回家多抱几床被子来。”

“辛苦您。”

“哪里的话！您最辛苦！”

希爷爷醒来之后，尽管依依不舍，想到老太婆还在家等着自己呢，便来到车校长办公室，跟他道别。车校长热情地挽留，拉起希爷爷的双手说：“希老，您要不明天再走，孩子们还希望您给他们上一堂作文课呢！”

“呵呵，作文课我拿手，车校长这是返聘我吗？好好，那我明天走。”

“肯定是的，那太好了，等上了课，我就告诉孩子们，他们一定高兴坏了。”车校长热情洋溢地说，“哦，我糊涂了，您来我家，我烧壶开水，您洗洗脸，吃早饭。”

“谢谢了。麻烦车校长。”

“客气了，我替孩子们感谢您对大别山区的深情厚谊。”

“没什么的，我喜欢孩子们。”

600公里的路程，希爷爷不辞劳苦的往返了99次，他这座人形的移动山丘，翘首以待到85岁时，第100次来到大别山，慷慨解囊，撒播希望。

八十年前，历经万里长征的红军们在这静静的山谷，枪不离开手掌、胸口。

他们衣衫褴褛，光着胸膛、赤着脚、流着血，他们那永远闭不上的眼睛，已被荒草和野花掩埋，这山从此有了亲热的温度。

如今，山麓早已褪却了战火咆哮，枪口冷却，但绵延千里的大别山保持恒温，不乏朝圣者的造访。

听呐，当年红军的脚步声越过大别山脉时，是如此的惊天动地！

人心齐，山可移。一个人如果是一座山，那这座山丘，誓要沿着心灵的旅程走过万水千山。

当历史老人熨平了这波澜壮阔的穹音，有这样一座静默的“山丘”，用瘦小的身躯、短暂的余生，踏上迢迢征程，穿越大半个世纪匀速移动着，甘用生活的贫瘠换来精神的雍容，沿途给大山的孩子们洒下希望的种子。

看呐！一群群人、一辆辆汽车越过山丘，像是一座座移动山丘，跋涉在希望的田野。这是希爷爷拍摄的一部亦梦亦幻的电影。

呵！那扎着麻花辫的、眼睛可以养一池睡莲的小女孩，在大别山坳奔跑成了一个袅袅婷婷、披星戴月的支教女教师。

为何她的发辫顷刻生满了纯白的雪羽？

又因何，她亭亭净植的背影变成了蹒跚起伏的营帐？

这是希爷爷的蒙太奇手法吗？

只有一座山知道。

沙漠鱼

一

1949年9月，中国大地的阳光愈发金灿，一个新的天地破茧而出。大街小巷贴满了令人欢欣鼓舞的宣传海报。海报上有我国各族人民欢喜的神色，下方配着两行文字：我国各族人民团结固若磐石，一个自由平等的民族大家庭。

27岁的流浪汉阿笨捡起了被人遗弃在地上的新报，蹲在街角，用手指一字字的指着、念着中国陆续解放的消息。他发灰的眼睛慢慢放光，好像一袭堆积满灰尘的窗帘，一下子被谁拉开了，窗外的光明涌进了心房。他又见到了报纸上有云城建立新食品工厂招聘用工的消息，眼睛里的光芒又添了一湾浅滩，几乎要顺流而下。

不少人排着长队去这家食品工厂，阿笨看到队伍，也自觉的排队，可周围的应聘者都捂着口鼻，一副嫌弃不已的模样。阿笨早已习惯了这一点，毫不在意。他的头发和胡须都像是被遗弃的鸟窝，打着永远也解不开的结。单薄的脏衣服上破了很多洞，一双草鞋让四个脚趾头从洞里露出来，手和腿上也满是疮痍。没多久，阿笨被一个身材魁梧的人喊住了。

“快滚！这里没你的地儿！”这个人凶悍至极，阿笨却不想没有机会工作，他已经流浪十年，从前战乱失去了一切，可现在社会安定了，没有军阀混战，没有日本鬼子，更没有内乱！他要改变自己的命运！

“我也想试试，给我一个机会！”阿笨涌出了眼泪，一下子跪在了他的面前，彪形大汉见到此举，连着后退了三步。见此情景，众人有的摇头，有的唏嘘不已。

这个彪形大汉看到阿笨的眼睛流出了真挚的泪水，内心柔软下来，就对阿笨说，好吧，你就在这里排队，不过每到有人来，你就让让他们，你站在最后一个。

“谢谢你！”阿笨原本紧张的眉头和身心这才全部舒展开来，他自觉的从队伍中间走到了最后一位，心想，这世上还是好人多。

等了 2 个多小时，阿笨终于来到了负责招聘的工作人员旁边。

“老板，老板，你看我可以吗？”阿笨一脸努力地笑着，认真着，他真诚的想争取这个机会。

“去，你个流浪狗，一边儿去！”没想到对方一看自己是流浪汉，脸色大变，右手来回摆动的频率就像闪电一样击中了阿笨的心，他想，老板是在驱赶自己。

“保安！保安！你是怎么办事的？快快快！我都赶不走！打发点吃的，叫他赶紧滚蛋！真碍眼！”工作人员赶紧收拾招聘材料，呼唤着保安，可是看不到人影。

“我是来找工作的，不是讨饭的，我识字，我算术很好！”阿笨极力推荐自己。

冷冷的回应，让阿笨想再次跪下，可是他没有这么做，流浪这么多年，仅需一个眼神，他就看得出那个人对自己的态度。阿笨看着那些人远去的身影，落寞的转身，也准备找一个角落休息，愣着看这多彩的、和自己无关的世界，可他又不想屈服于现实的寒冷。

“给。”阿笨感受到一股热气腾腾的香味。一双大手递来了两个热乎乎的包子。

“谢谢你！”阿笨饿了，没多说话，接过来就想咬，可是咬下第一口前，他感激地看着眼前的人，是那个胖胖的彪汉保安，开口说："如果有一天我发达了，会记得你的！你叫什么名字？"说完，阿笨才开始吃。

"我叫雷欧。我说，你还真跟别的乞丐不一样，他们从来不会想自己会有发达的一天。"保安说着笑了。

"我姐姐是诗人。"吃完后，他用手背一抹干裂的嘴唇。

"哦？诗人，那可是文化人。那她怎么不救济你呢？"雷欧吃了一惊。

"对，就是她教我读书写字的，她就比我大 3 岁……她早就……"

阿笨坐靠在墙角，陷入了回忆：十年前，日本鬼子拿枪抵着爹的脑袋，让爹亲眼看他们强暴娘，娘在被侮辱时咬舌自尽，爹见到娘已经口吐鲜血，奋起跟他们拼命，他们拿刺刀把爹的身体刺穿了，拿笤帚柄将爹硬生生钉在墙上，当时的自己和姐姐躲在酸菜坛子里，和姐姐冒着风险在缝隙里目睹了这一切，我咬牙切齿，真想冲上去杀了那些日本鬼子，酸菜坛子下有一个地窖机关，我们刚躲到地窖里，关上机关，就听到轰隆的震天响，家里被炸了个稀碎。过了很久很久，应该是从中午到了深夜，我们在地窖里快透不过气了，决定从地窖里上来，姐姐说，我先探探。她一出来，就被一个身影一把薅住头发，带走了。我不知道她后来到底经历了什么，我很害怕，继续在地窖躲着，在地窖里，我摸到了一本书，是姐姐写的诗集，名叫《沙漠鱼》。过了一天一夜，才敢再出来，这时候，我身边已没有亲人了。我把这本书当作亲人，每天打开念几首，十年了，书已经被我翻黑了。

雷欧见阿笨愣了许久，就喊道："喂！发什么呆！"阿笨这才从回忆返回现实，从怀里拿出了一本书。

雷欧看到书的纸页已经黑了，不过还没有折页和破烂的地方，被保存得很好。他仔细看了书的封面，又翻了最后一页，摇摇头。

"怎么了？雷欧？"

"这本书只是印刷出来的。"

"印刷，书可不就是印刷出来的吗？"

"不对，出版了，才叫书，不出版，就是一堆纸，没有意义，诗人，也就不叫诗人，叫作者。”

“我姐姐就是诗人！不许你侮辱我姐姐！”

“哎。我就是好心跟你说，我还得工作，我走了。”雷欧离开了阿笨，走向自己工作的区域。

孤单的阿笨开始朗读书中的第一篇同名诗歌《沙漠鱼》，就像虔诚的诵经人。

在人迹罕至的荒漠深处
四季飘摇着干枯的土黄色大雪
不知是谁
在雪中流下了一泊泪湖
便有一群鱼儿
孕育而生
有一天
骄阳炙烤着这片荒漠
泪湖即将消失
鱼儿们有了一个大胆的想法
游到湖底深处
它们一直游啊游
找到了一片蔚蓝色的大海

二

不知已经读了几百次诗歌《沙漠鱼》，忽然有天清晨，阿笨由衷地笑了，灵光乍现一般。他决心开始拾荒，拾废品为生。

他走了好几里路，一路上捡到不少破旧纸箱子，日复一日的堆积在一个被日本鬼子夷为平地的荒凉之地。他每日就睡在废品的旁边，破旧的纸箱子作为被子，用其他废弃的建筑材料挡风。

渐渐的，阿笨靠着捡废品可以换一身朴素的衣裳，吃到馒头了。

他又开始收废品，收别人没用完的本子，开始写《拾荒日记》，每一篇都起了标题，每天记录自己收废品的日子，每天记得自己是诗人的弟弟。开篇的是：

1949 年 10 月 3 日《阿笨的好日子》

今天是阿笨的好日子。

阿笨遇到一个对他好的女孩，给他冻疮药。

这个女孩在阿笨的心里就像仙女一样。

她看起来有十八九岁的年纪，正值一个女孩娇艳绽放的花季。

不过，阿笨有自知之明，只能幻想着她的笑脸入梦。

阿笨就是我了。我就是一个收废品的，两只麻袋，一杆秤，就是全部家当，我靠这个活呢。

每到天一冷，我手上的冻疮就复发，女孩是第一个注意到的。她拿药膏给我，我涂了上去，还给她，看见她的模样又白又漂亮，笑容太美了，就像水仙花那样。她的身上散发着薄荷叶一样沁人心脾的清新气息。

感动的是她这颗善良的心。我阿笨算什么呢？不过，我相信总有一天，我会改变自己的命运。

我就像一条沙漠鱼，在即将干涸的泪泊里苟延残喘，可是，我会游向大海，找到属于我自己的一片天。

女孩，我今天听到你妈妈叫你冰月。我会记住你的。阿笨总有一天要回报你的微笑，暖化周遭的冷笑。

阿笨，躺下吧，不要再写日记了。这些歪歪扭扭的字，和阿笨一样寒酸。

写完后，阿笨鼻子一酸，眼泪就下来了。长期的孤独感让他觉得自己几乎快要被这个世界遗弃了。他很想拥有朋友，哪怕就一个也好。路边有一些流浪猫、流浪狗，阿笨觉得自己跟它们的命运是一样的，他想找它们玩、说话，想养一只，可是他感觉连养活自己都困难，更别说养小动物了。以前家里有两条大黄狗，迫于没有吃的，送了人，换来一些粮食。他回想着从前一家人在一起的日子，难过的睡着了，一阵寒风席卷而来，他把自己缩进了整个纸箱子里，嘴唇发抖着，整个身体从内到外冻得像冰碴儿。

两个月后，已经是 12 月的初冬了，阿笨已经把废品堆得有一人半高了，它们围成了一枚铜钱一样的圈地。月色下，整座云城静悄悄的，阿笨开始拿铁锹挖被围住的土地，松动土壤，他挥动着铁锹，眼睛瞪得比往常都大。

第二天，阿笨没有像以前那样去收废品，而是四处晃荡，静看喧闹的世界，这漂泊战乱的十年来，他一直保持着看大街小巷的广告、宣传单、招牌等的习惯，为的就是不想忘记识字。他会用树枝在地上写字，以免忘记如何书写。

又到了夜晚，阿笨继续开始挖土地，挖得比昨晚更深了。

一天又一天过去了。终于在一个淅淅沥沥的失眠的雨夜，阿笨淋着雨在挖到一棵树旁边时，挖不动了，他激动得用手刨土。

一个半米长的铁箱子露了出来。

等到全部挖上来时，阿笨那瘦骨嶙峋的掌心已经磨出了两层厚厚的茧。

可惜上面上了一道锁。

阿笨并不急着打开，依然不动声色地挖地，他知道这家从前是有钱的地主人家，被日本鬼子炸平了，按照习惯，他们会把钱财深埋地下。阿笨原本没有想到会挖到有钱人家深埋地底的财物，是诗歌《沙漠鱼》给了他启发。诗歌的最后几句写道：泪湖即将消失 / 鱼儿们有了一个大胆的想法 / 游到湖底深处 / 它们一直游啊游 / 找到了一片大海。

原来是阿笨顿悟了，他断定这样的铁箱子，足可以让自己在一夜之间，过上起码是一辈子平头百姓的生活，他想游到金湖的深处，找到生存的大海，就得开动脑筋，每天阅读这首诗歌，给予他启发。他想带着它们离开云城，去一个新的地方重新开始。

阿笨欣喜之余，听到废品后边有急匆匆的脚步声，应该有不少人。

一个仓皇失措的、穿着朴素却面庞俊美的少年，蹑手蹑脚地溜到了正拿着铲子愣神的阿笨身旁，阿笨回过神来，吃了一惊，看到少年焦躁不安、可怜兮兮的向他求助的神情，又听到外面搜寻的声音，顾不得把刚挖出的铁箱子隐藏好，阿笨便让少年钻进了他睡觉用的纸箱子，阿笨则蹲在一个隐秘的角落。

“在哪呢？这鬼小子怎么不见了？！”一个长有络腮胡子、浑身膘肉，手拿长枪的中年男子粗着声音四处环视着问。外面下着雨，那些人的鞋子一下子就陷入泥里半鞋深，很难抬脚走路。

“我明明看到他溜进来了，难道这小子还能插了翅膀飞了？”另外一个瘦削的小矮个青年侏儒用尖细的精灵嗓说，他个头本就不高，脚一陷入泥地，显得更矮了。阿笨看到他走路的模样，真想笑出来，跟蹒跚学步的婴儿一样嘛。

阿笨在暗处数了数，一共是七个人，阿笨非常担心他们会在意地上被翻松过的泥土和那个打造精致的铁箱子。

“哎？哥几个？瞧瞧这！”有一个大高个发现了新大陆，好奇地说。络腮胡男子顺势发现后，一声不吭，只听“嘭”的一声，铁箱子的锁就打开了。七个人慌乱的围了上去。

阿笨恨不得出去跟他们拼命，但他忍住了。他知道，保命要紧，他不断告诉自己：阿笨，不可以舍本逐末，阿笨不笨。

打开箱子，里面竟有很多银元宝，白闪闪的，在这个潮湿阴沉的冷雨夜，显得特别耀眼。这七个人的眼睛都看直了，顾不得什么兄弟情谊，纷纷你争我抢的，每人手上都拿到不少银元宝，顾自塞到自己的怀里。之后他们随意扫视了周围，见没有那少年的踪影，便一个个心揣满足地离开了。

少年一听到外面没有了动静，一骨碌从纸箱子里窜出来。

上一分钟刚逃过一劫的少年，下一分钟就高频率地活动着手脚筋骨。他像一只能上蹿下跳、又调皮捣蛋的峨眉山猴子。

“恩人！感谢你！”少年说着向阿笨鞠躬抱拳施礼。

阿笨却不接受这样的礼节，一想起银元宝被抢光了，而且以后他们肯定还会再来这里，愤怒的举起铲子要把少年赶走。少年反应很快，没有被铲子打到，跳起来溜远了。走的时候，他还朝阿笨笑，一口白牙笑得很灿烂，阿笨却觉得，这个少年真是上天硬塞给自己的倒霉蛋。

他怕少年会惹祸上身，且铁箱子里的银元宝已经被拿走了，目前只能祈求上苍这土地的底下还会有铁箱子或者其他财物。

三

没隔几天，街坊邻里之间传闻云城有僵尸出没，还咬死了几个人，搞得人心惶惶，阿笨不以为然，十年前也曾有传言，可是一来二去，也就是蛊惑人心的传闻罢了。

夜里，阿笨继续开挖其他地方，感觉脖子处有一股冰凉的呼吸在窜动，阿笨慢慢地回头一看，一个面色发青的穿着清朝官服的僵尸就在他旁边。

“啊！”阿笨打了一个激灵，丢掉了手中的铁锹，吓得魂不附体，心脏狂跳不止。

“哈哈，是我！恩人！”那僵尸原来是少年假扮的。

“你……”阿笨哆嗦得说不出话来。

“我是那天被你救下的人。”少年说。

“吓死我了，你是假扮的？”阿笨顺顺胸口，没好气地问。

“是啊！你看！”少年抹掉了脸上涂抹的青色脂粉，脸色恢复了正常人的黄色。

“你为什么扮得这么吓人？会吓死人的！”

“恩人，我怕万一警察查出因为银元宝使得这几个云城的地头蛇死了，你就脱不了干系，即使还有银元宝也兑换不了钱了。所以我扮成僵尸，让大家觉得是僵尸咬死了他们，他们的家人怕尸毒，就会火化他们。还有很重要的一点，这些银元宝有毒。”少年说完，阿笨吃了一惊，这少年费了这么大周章，就是为了自己。

阿笨平复了心情说：“他们？你说的他们是？还有你说银元宝有毒？！真的吗？”

“我是得罪他们老大了，就是那个侏儒，我不就是把他扛在肩膀上玩一下嘛，他们就把我当仇人似的。银元宝确实有毒，他们后来都被毒死了。”少年说。

“啊！是你救了我的命啊！那天你若不来，我就会被毒死的！你叫什么名字？”阿笨想想都后怕，这命真是捡来的啊！

“我叫何小炅。”少年摸摸鼻子说，“我就是个街头小混混，整天瞎逛，没啥事。”

“我们既然相互救了对方的命，就算生死之交了，我实话告诉你，这里原来是有钱人家的地儿，后来被可恨的日本鬼子炸了，我们一起挖地，说不定还有铁箱子。只是，万一还有毒就……”

“这个好办，放到水里过滤出毒液，就行了。”少年何小炅很快想到了办法。

“这件事不要告诉别人，知道的越多越危险。”阿笨嘱咐何小炅。

“好，放心啦。”何小炅回答。

“快回去换身衣服啊！明日这个时候在此等你。”阿笨开心地说，因为他觉得自己找到了一个可以说说话的人。

“好嘞！”活泼机灵的何小炅还是蹦跶几下就蹿没了影儿。

很快又复明日，阿笨和何小炅一起挖到了一口棺材的一角，当他们想继续挖棺材的其他部分时，遇到一块体积很大的岩石，怎么都挖不动。

“打扰别人，不太好吧。”阿笨有点儿害怕。

“我觉着吧，里面不一定睡着人，还是要把旁边这块石头挖走。”何小炅若有所思地想着，没多会又使上了浑身解数，依然挖不动地下那碍事的大石头，接着说："光靠我们两个人的力量，根本挖不动，怎么办？"

阿笨镇定地说："别急，我想到一个人。"

第二天一大早，阿笨就拎着一壶花雕酒去看食品厂的保安雷欧。到了夜里，阿笨带着体形彪悍的雷欧来了。

"大晚上，神神秘秘的，喊我到底什么事？"雷欧打了个哈欠，有点不高兴地说。

何小炅看到保安雷欧忽而神色异样，不久又镇定地开着玩笑说："是，是我家人，他前些天从天堂寄了一封信，说睡觉硌得慌。"雷欧将信将疑，于是三人合力，费了好大一会儿工夫，才将那块岩石挖了出来。

"大哥，谢谢你啊，你的体力可真不是盖的！"何小炅夸着雷欧，可雷欧觉得不对劲，他也没吱声，把疑问装在心里，就告别了他俩。

阿笨和何小炅小心翼翼地打开棺材盖，发现里面是三个并排上锁的铁箱子，跟之前的那个半米长宽的铁箱子一样大小，加起来正好是一人高。何小炅的爷爷是开锁的工匠，他自小耳濡目染的学到了一星半点儿，不用几分钟，就打开了铁箱子上的锁。

阿笨与何小炅每人每天从铁箱子里拿一点银元宝，放在水盆里，过滤好毒液。不出一个月，他们便慢慢收集、兑换了钱，平分后，一起去了另一座城市——绘城。阿笨换掉了脏衣服，每天用香皂洗澡，除去了身上长年积攒下来的异味儿，理了发，换了新装。何小炅见到全新的阿笨，几乎不敢认他了，原来他长得英气豪迈，不再卑躬屈膝。阿笨直起身来，足有一米七八，面庞是有棱有角的国字脸，鹰一样的明亮眼神里透露着坚定、志在必得的信心。鼻梁高挺，像一座巍峨的山峰，而唇齿间好似一本厚重的书，一旦打开，便能透露出沧桑的、历经世事沉淀的言语。

他们两人一起报名了创业班课程，半年后，也就是1950年6月的初夏，他们合伙开了一家足有百平米的面馆，聘来几十号员工工作。何小炅建议阿笨取一个学名，叫学康，寓意学习、安康的意思。何小炅说，如今你的身份不同了，也不能再用贱名，而且，你很聪明。阿笨说，好名字。我原本姓阮，真名改为阮学康，不再叫阮阿笨了。我喜欢沙漠鱼这种生物，我们的店名就叫它吧，有置之死地而后生的意思。何小炅听完大加赞赏地叫好。

不久后面馆就挂上了“沙漠鱼面馆”的招牌。阮学康叫厨师长研究一道名为沙漠鱼的招牌主打面，很快，厨师长就用炸酱面和小银鱼搭配在一起，拌成滋味独特的“沙漠鱼”。

由于他们悉心的经营，沙漠鱼面馆很快在绘城又开了一家分店。有一次阮学康在厨房看到“沙漠鱼”这道菜，淡黄色的炸酱面配上银白色的小鱼，总觉得还少点儿颜色，他忽而想到了在云城帮助她的女孩冰月身上的薄荷香味，就想到薄荷叶，如果在“沙漠鱼”上再加一抹清香的翠绿，色香味便俱全了，厨师们一听，纷纷尝试，他们将新鲜的薄荷嫩叶芽儿加上草鸡蛋，磨成香浓的薄荷汤汁，再在炸酱面上撒上几片新鲜又清新的薄荷叶，使整个菜色看了就很有食欲感。没想到客户反应效果很不错。阮学康觉得光吃面会口渴，特地吩咐厨师再做鲜汤，免费提供给点“沙漠鱼”的客人。没过多久，实惠经营的沙漠鱼面馆在绘城便小有名声。

四

阮学康早已到了成家的年纪，不少人听说沙漠鱼面馆的老板还是单身，纷纷给他介绍合适的女子，可他心里早有了一个人，他决定抽空回到云城找女孩，暂把店交给何小炅打理。每到夜晚，闭上眼睛，阮学康就回想到她的身上散发着薄荷叶一样沁人心脾的清新气息。回想她拿出冻疮膏，递给自己时那温暖的笑容。

夏末秋初的晴朗的一天，阮学康凭着记忆找到了女孩冰月的家，女孩开门一看，是一个西装革履、颇具精气神的俊朗青年，她万万也不会想到，眼前这个人会是当年那个收破烂的邋遢的阿笨。

阮学康就站在门外，而女孩开门见他是陌生面孔，便警觉地关了门，阮学康吃了闭门羹，心里空落落的。他转念一想，给陌生人开门本来就是危险的事情，罢了。他又打算去看一看在云城也帮助过自己的保安雷欧。他去了食品厂，正巧遇到了曾经面试他的工作人员，他见到阮学康的装扮，不再像以前那样用鄙夷的眼神看待他，而是热情地回答他，说雷欧早就在半年前入股咱们食品厂，成为老板之一呢。哎，有钱就是好哇。有钱就能改变前途和命运。

一听到这个消息，阮学康发自内心的高兴。心想，原本我是想帮助他，看看他生活有什么困难，现在好了。阮学康把自己的名片递给了这位工作人员，就离开了食品厂。失落一天的阮学康打算在云城住上一晚，第二天坐火车回去。

夜空廖星数点，从角落里传来了一个女孩的哭泣声。阮学康远远望见一个瘦弱的身影，被夜晚淡淡的光影拉得更纤瘦了，他一看，是冰月，他的心跟着紧紧揪在一起，心想，难道她遇到了不好的事情吗？他准备小心翼翼地走向前，轻轻地跟女孩说自己是从前那个拾破烂的人，可又觉得会难以启齿，他生怕女孩会嫌弃自己过去的身份，心想：在云城，一个乞丐，一个拾废品的，是什么身份呢？不，不，那不是身份，大家都说，收废品的没有身份，没有身份就是低贱的人。在绘城，大家也说，除了为公家办事的人，其他都是没什么身份的人，那不是上等人。我不是上等人，那就让我做个有钱的下等人，起码比穷困的下等人强。不，我觉得世界上不应该把人分层级，可是，我认为，这世界上 66% 的事情都是事与愿违，33% 的事情是错过了不可回头，还有 1% 的概率是一个人的执念加运气，才能促成此人的心愿。如今我的转变，也是由于对生命 0.5% 的执念，外加 0.5% 的运气。

阮学康为了能够接近楚冰月，扮成了自己原来拾破烂的样子，冰月认得他窘迫时候的样子，便没有防备，阮学康开始跟冰月聊心事。原来是一个小老板来上门提亲，跟冰月的养父母说，要是愿意把冰月嫁给自己，他就会给家里一大笔钱，冰月死活不愿意，非常难过，但她那对贪财的养父母擅自答应了，冰月自己无法做主，只好夜里一个人出来把委屈哭出来，她很想逃到另外一个城市，忘记云城——这个企图束缚自己一生的囚笼。

阮学康故意把绘城的招聘简章丢在女孩冰月的身边，默默离开了。

第二天一大早，楚冰月提着两包行李，只身前往火车站买票至绘城，而又换回正装的阮学康一路跟着她，排队在她身后，也买了去绘城的车票。到了火车车厢，阮学康和她的座位在一起，而冰月一点也不知道此刻她对面的人，是刻意跟着自己。

“你好。”阮学康先向冰月打招呼。

冰月看着他，有点眼熟的样子。

“你，不是那天敲我家门的人吗？你……”冰月想到了什么，警觉起来。

“我……我那天敲错了门，你不说，我还真没有想起来！真巧！额……我是去绘城面试一家叫‘沙漠鱼’的面馆的，你去哪里？”阮学康装作什么都不知情的样子说。

“我也是！这么巧！你应聘的什么岗位？”冰月眼睛亮了一下，就像星星闪烁。

“我应聘店长，你呢？”阮学康笑了，看到冰月信任的目光，心里的小石头落下了。

“我可以做服务员，做面、做菜，我都行，就是还没有达到厨师的水平。”冰月不好意思地说。

“正好，我们结伴，我相信，以你的能力，你一定可以成功。”阮学康原本想说，我跟那家店的老板熟，跟着我，肯定能成功。但他转念一想，这样的话，冰月就没有奋斗感了，这样人活着的尊严就减了几分，那么假设有一天，她动了离开的念头，也会不假思索，而如果是用自己的执念争取的，那至少她还会留念几分。

“好，我尽力试试。”冰月微笑着说。

彩霞像数条柔软的丝巾，环绕着初秋傍晚时分的暗蓝天空，缀上飘逸的莹润色彩。冰月看着窗外的天空，不知不觉的，绿皮火车已停了下来。

雷欧从食品厂拿到了阮学康的名片，他不熟悉这个名字，但他一看到“沙漠鱼面馆”中的“沙漠鱼”字眼，感到特别熟悉，他不由得想到之前阿笨找自己去挖地，琢磨着他可能是发了横财，看到面馆的地点在绘城，就休了半个月的年假，决定去投靠阿笨。机灵的雷欧猜测，阮学康很可能就是阿笨。

五

傍晚时分，同样搭乘绿皮火车的雷欧到达绘城，看到热气腾腾的面馆里坐满了顾客，而且分为上下两层，装修非常古风，他心里倒多了一丝妒忌和怀疑。

此刻，阮学康和冰月也来到了面馆，阮学康对一位女服务员说：“何小炅在店里吗？”女服务员毕恭毕敬地说：“稍等，我去喊他。”冰月看到女服务员对阮学康的态度，觉得有些奇怪，想着可能他是被老板挖来的人才吧。

在等待的间隙，阮学康看见了雷欧，非常意外，心想，他怎么来到这里？名片？对，我留下了名片。

“我看你好眼熟！你是不是在绘城收破烂那个？原来你还是个小乞丐呢！我还给你买过两个包子吃呢！倒要谢谢你给我那两壶酒，虽然喝起来次得狠，但那也是你的一番心意啊！”雷欧的眼睛尖得很，忽然发现了阮学康和冰月，倒主动打招呼了。

“你看错了，我叫阮学康。”阮学康很意外雷欧的啰嗦跟口无遮拦，他不想让身旁的冰月和店员们知道自己的过去，他听到这话，用余光瞟了瞟周围有没有人听到。

“哎呀，楚冰月！你怎么逃到这里来了？”雷欧看见了冰月，一副惊讶的样子。他还用鼻子嗅嗅周围的空气，很享受的样子。冰月觉得恶心。

逃？阮学康的心里一惊，发现冰月转身离开了面馆，便去追。

“你怎么了？马上老板就会过来面试了，那个人，你不要理他，他又不在这里。你要为自己的生计考虑啊！我这就把他引开，你去面试。”阮学康小跑到门外，一把拉住冰月的胳膊，看着她愤怒的面容，细语轻声且循循善诱地说。

“好，你去把他引开，我不想看到这个人，谢谢你。”冰月感觉到阮学康的仗义，便远远地站在面馆的门口看。这个雷欧正是要给冰月养父母钱财的那个小老板，冰月看他是肥胖的彪形大汉，心肠里又满是坏蛆，根本不想嫁给他。

阮学康来到雷欧身边，告诉雷欧要请他到更好的餐馆吃饭，雷欧这才笑了，他们俩走出了门外。而冰月来到店里，按照服务员的指引，到了何小炅的办公室去面试。

枫叶餐馆里，雷欧突变一副苦瓜脸。

阮学康问：“你怎么了？”

“我没有工作，我想到你这儿工作，可以吗？”雷欧看着阮学康。

“你不是做了新食品厂的老板了吗？怎么？”阮学康觉得这话很不可靠。

“我有个弟弟，净爱赌钱，他一输光了就找我借，我没办法，现在我们一家就指着我过活，如果在绘城安定了，过段时间，我会把他们接过来。”雷欧叹了口气回答。

“那好吧。我看你也没有什么技能，那你就先做刷碗工吧，我给你按工时算钱。”

“不，不，我做过领导，我懂管理，你就让我做个小主管什么的，洗洗涮涮那种低等人的活儿我是干不来的。”雷欧用近乎恳求的语气说。

“不必了，如果你想干，就刷碗，我们这里已经有管理的人。”阮学康说。

“好，我就委屈一下。”雷欧不高兴的撇撇嘴。

回到店里，何小炅知道雷欧要来店里工作这件事情，强烈反对，要阮学康别养虎为患，让雷欧进店里。阮学康说他只不过刷刷碗，何小炅还要说什么的时候，雷欧给阮学康打电话，阮学康让何小炅为楚冰月安排好员工住宿，就匆匆地走了。

晚上，雷欧说自己已经身无分文，要睡在阮学康的家，阮学康答应了。

阮学康每天晚上都要写《拾荒日记》，今天也不例外，写完之后，他就把日记放在桌子的抽屉里。凌晨三点半时，雷欧悄悄从床上爬起，打开了《拾荒日记》。

他翻到了其中的一页。

1949 年 12 月 7 日 《七人祭》

这两个月好不容易挖出了财主家埋在地下的银元宝的盒子，遇到了七个盗贼，他们追杀一个无辜的少年，我救了他，可是银元宝都被夺走了，我非常愤恨他们，我这辈子差点就改变命运了，却被他们洗劫一空。

没有多久，这七个人死去的消息就传开了，恰好这时候传闻城里有僵尸咬人，今天我遇到了少年何小灵，确定了这僵尸传闻是假的，但是他们家人担心尸毒会感染，把其他人也变成僵尸，所以他们都被家人火化了,我不知道他们身上的银元宝还在不在,反正觉得挺可惜的。

我还是想祭奠这七个人，他们也没有做太恶毒的事情，谁见到钱财不会拿啊，算了，都过去了，我不想再度埋怨死去的人。愿你们的魂灵在天堂安歇。

雷欧看完后笑了，这一页正是他所需要的，他开始琢磨着一个计划，他也要改变命运。

六

六月的日历又翻过了一页，晨光微煦，阳光和暖，没有任何要下雨的征兆。沙漠鱼面馆依然生意火爆，坐满了客人。雷欧坐在后院刷着碗筷，边刷边哼着歌。阮学康和何小炅刚一碰面，何小炅就很紧张地叫住阮学康。

“我有要紧的事情告诉你！来办公室！”何小炅说。

“好，走。”阮学康感觉到何小炅的不对劲。

店里突然来了五名警察，店里吃饭的人有的加紧吃面，想赶紧散去，有人想凑热闹，看看到底发生了什么事情，有刚来店里的顾客见状就离开了。

“哪位是店老板阮学康？”一位警察问。

“是我，怎么了？”阮学康疑惑着，内心打了一百个问号。

“你涉嫌杀害八条人命，跟我们走吧！”警察小声说着，用手铐铐住了阮学康。

“啊？老板原来是杀人恶魔啊！他杀了八个人！惨绝人寰啊！”雷欧早就从后院出来，在店里大声喊。不知何时，白云也转成了乌云，天空变得电闪雷鸣，不一会儿雨剑犀利地俯冲而下。

店里的客人听到雷欧的话，议论纷纷，都在指责他，有的人怒骂：早知道我吃的面沾满血，打死我也不吃。

“冤枉啊！你们搞错了吧，我从来没有做过恶事！”阮学康吓得满头大汗，急忙辩解。

“他是无辜的！你们怎么乱抓人，他经常做善事，怎么会杀人？！”何小炅也急忙帮阮学康说话。

“走！回去好好审问你！”警察说着，将他扭送走。

冰月这才知道阮学康是店老板，并不是什么面试的人，那天他欺骗了自己，她觉得很后怕。

警察和阮学康走后，何小炅一把抓住雷欧的衣领，愤怒异常。

“一定是你干的！”何小炅说。

“你放开！我干什么了我？你在说什么？！”雷欧装作什么都不知道的样子。

“别以为我不知道你做了什么！”何小炅一拳打在雷欧的脸上。

雷欧身强力壮，还回一拳，瘦小的何小灵鼻血不断外涌，坐在地上疼痛不已。冰月和其他员工，看到这一幕，失望地离开沙漠鱼面馆。雷欧朝着冰月走的方向，追了上去。

在绘城市公安局里，阮学康被严肃审问后关了起来。

他想，自己就这么被小人陷害冤枉，好不容易经营的面馆，也失败了，觉得特别不值得。阿笨从怀里掏出了书籍《沙漠鱼》，又读起了诗歌："在人迹罕至的荒漠深处 / 四季飘摇着干枯的土黄色大雪 / 不知是谁 / 在雪中流下了一泊泪湖 / 便有一群鱼儿 / 孕育而生"。

阮学康想不明白，那天来的只有七个人啊，怎么会变成八个人？在重重疑虑中，他在监牢中睡着了。

第二天一大早，警察打开阮学康的手铐，阮学康很奇怪。

"你被无罪释放了，"警察说，"何小灵承认了罪行，上级已经下达命令，说他罪恶深重，今天晚上就执行死刑。"

阮学康听了一瞬间泪流满面，心想：天啊，这个何小灵，怎么会这样？不对！他说，银元宝有毒。难道根本就没有毒，而是他故意跟我说的？那找他寻仇的人，只有七个，怎么多了一条人命？

中午时，楚冰月被雷欧带到了自己新租的房间里，说有重大的事情告诉她，说完就不会逼她嫁给自己。楚冰月大着胆子跟了去。

"那个阮学康是个杀人犯，你还去店里干啥，我告诉你吧，其实那些银元宝是我的，我就是那家地主的继承人，他不仅偷了我的财产，还杀了八个意外拿走银元宝的人，现在我有他的日记，他和那个少年何小灵就是共犯，现在何小灵帮这个恶魔顶替了罪名，明天你拿着这本日记，去公安局，这是他拿了我财产和杀人的证据。"雷欧义正词严地说。

"既然你有这本日记，为什么当时不自己给警察？"

"因为我想看着阮学康他最喜欢的女人亲手毁了他，让他生不如死，啊哈哈啊哈哈哈。"雷欧邪恶地笑着。

"你在说什么？我不明白，我只见过他一面，怎么？"冰月迷惑不解。

"这日记，你自己看看吧！他还挺痴情啊！"冰月从第一页开始阅读，第一篇日记就是写的自己，她一篇篇翻阅，她才知道，原来他是那个拾荒的男人。她想起身边的那个招聘简章，想起了他欺骗自己的情形，几乎要哭了出来。

“想哭就哭吧，中午我就不留你吃饭了，我可不是什么坏人，你走吧。”雷欧说。

“明天，我去，明早我来你这里取日记。”冰月说着心慌着离开了。

晚上十点多，借着微弱的煤油灯，雷欧正拿着《拾荒日记》看呢，感觉身边有一股冰凉的呼吸，他吓得不敢动弹，感觉到那股呼吸又吐出气来，寒凉无比，他慢慢地回过头，一看是脸色铁青、面色惨白的、身着清朝官服的“僵尸”，正站在他的身后，雷欧大叫一声，吓得魂不附体，不停地说着：“我不是故意害你的！你别来找我！”那僵尸回答：“那日你拿什么杀了我？”“铁棒，就在我家房梁上，你想要就拿走！你快走！”

“僵尸”拿走了《拾荒日记》，此刻，房间里还冲进了很多警察，冰月也进来了。

“搜！”警察严肃地说。

“冰月，冰月，你找警察来救我了！太好了，我不怕了，快打死那个僵尸，快！它要吸我血！”雷欧嗅着冰月身上好闻的薄荷叶味道，看到警察和冰月来了，才感觉安心。

“什么僵尸啊？！”何小炅摘下自己的僵尸帽子，拿出嘴里含着的冰块，邪笑了起来。

“你，你不是张大宝！你，你是那个沙漠鱼店里的何小炅，你不是被执行死刑了吗？你怎么？”雷欧忽而意识到自己已经暴露了，可悔之晚矣。

“找到了！”一名警察找到了杀人的凶器——一根拳头粗的铁棒子。

“跟我们走吧！”警察对雷欧说。

雷欧跪了下来，大呼上当，说自己千防万防，防不过一个装神弄鬼的少年。

原来那晚何小灵看见保安雷欧用铁棒子打死了另外一个保安张大宝，保安雷欧后来戴着手套拿走了那七个中毒的人们的银元宝。

而何小灵故意散发消息，说尸体已经被火化了，其实没有，就是为了迷惑凶手，让雷欧放松警惕。万一别人将银元宝一事和阮学康联系起来，他会遭到误会，到时候百口莫辩，所以更不能火化尸体了。

警察们一直在找雷欧杀人的证据，当雷欧想陷害阮学康，把他当作替死鬼的时候，何小灵便配合着找，何小灵跟警察说自己想到一个主意，故意扮作僵尸吓唬雷欧，寻找凶器。警察也在雷欧的衣服上发现了被害保安的血迹。

何小灵在当晚把真相告诉了楚冰月，她明白了一切，她说知道雷欧住在哪儿，就跟警察伏击在雷欧的家外面。何小灵身手灵活，在警察的帮助下，三两下就潜入房间，换上包袱里的僵尸服，化了僵尸妆。

此刻，阮学康正蹲在路边给何小灵烧纸呢，火光噼里啪啦的声音，像是何小灵之前叽叽喳喳的跟自己唠嗑。

突然间，天降一个东西重重地砸到阮学康的头上，他不由得缩紧脖子，待他看向地面，竟是自己的《拾荒日记》，对于他来说，它是多么熟悉啊，恍惚间它又那么陌生，像远去的昨日，召唤不回。

他拾起来一页页地翻着，看着看着，打了一个寒噤，感觉到身后有一股冰凉的呼吸，还有淡淡的薄荷香草味道……

寻找北极光

科考队的破冰船正驶向一片茫茫的白色沙漠。

极北之地，在白色水面上浮漾着轻飘飘的寒气，望着远去的科考船队，乔安娜的脚踩在更白更厚的冰面上。而她此行不是为了科考，而是为了目睹北极之光，圆了她自孩童时期就一直梦想的那魔力般的光芒。

绝对震撼，广袤的大地，寂静的峡湾，童话般的山区。紫红的霞光映在雪山和雪山深处的水面上，每一处都是恰到好处的美。乔安娜看到这一幕，由衷地感叹：真是美得惊人，神奇的北极光之乡，是我终生向往的地方。

船在雾气翻腾的水域中好奇前行。这里冷得出奇。船在水面扫过，留下白色细浪的条带，好似贴在水面飞行的蝴蝶。

进入北极，已经像是进入了另外一个世界。泛着明黄色泽的太阳，镀着这洁白雪壤的霓裳。

假如运气好，可以看到难得一见的北极光。登上挪威的极地特快，铁轨下全是雪。打开特快窗户，雪花与风偕行飘进来，微拂面颊。

乔安娜坐在车厢内，打开她的行李箱，拿出了她小时候读到的一本书，它勾起了乔安娜对北极的向往，并且影响一生。这本书是澳大利亚人维罗妮卡·巴瑟所著的《企鹅彭尼》，她写得是南极光，其中一幅有飘荡的帷幕和小企鹅的画，引人思考，令人神往。是乔安娜 7 岁时就开始迷惘的画面。书中写了这样一段话：突然间天空被黄白色的光照亮，长长的光柱在黝黑的天幕上描绘着图案。

这样神秘莫测的光束吸引着梦想看到它真身的人，满怀希望的凝视北极的夜空。

北极特快的旅途中，可以尽情观览挪威北部的风情。挪威就像一根巨大的脊梁，一直向上，在顶端稍有点弯，特快正在这里向上走，一直向北前进，走向指北针的最顶端。

虽然可以在火车上穿越北极圈，但乔安娜还是想体验一次最特别的旅程，她把一段行程交给了雪橇主托克里斯汀森和他的 11 条雪橇犬。漂亮的阿拉斯加雪橇犬穿行在初雪上，留下淡蓝色的脚印。

北极圈和赤道一样是一条假想圈，只是北极圈环绕在地球的顶部，因为北极圈所在的位置很靠北，以至于这里在每年的冬至，太阳从不升起，而夏至时太阳始终不落。

乔安娜今天到达北极圈的精确纬度是北纬 66 度 33.706 分。这是格林尼治天文台提供给她的。

她手握着高级定位仪，寻找着北极圈的精确位置。找到以后，她惊喜万分。因为进入北极圈，就仿佛进入了魔界——魔力北极光之界。她在地图上找到了一个地方，它有斯堪的纳维亚最美的风景和最富饶的渔场——奥镇的罗弗敦群岛。晚上的奥镇就像一个世外桃源，云层太厚，不可能看到北极光。

退休校长奥托舒尔茨是当地名人，他带乔安娜去了她要入住的渔民小屋，校长问她：“为什么要来挪威斯堪的纳维亚？”乔安娜说：“我这一生一直梦想来北极。我小时候，就想看看北极光，我在书里读到过雪和北极，一直渴望去那里。我小时候在马来西亚，为庆祝 1953 年女王加冕，姐姐和我穿上了化装舞会礼服，这就是 7 岁的我，打扮成挪威小姑娘。”说着她拿出了一张黑白照片递给奥托舒尔茨，又说：“妈妈做了礼服来打扮我们姐妹俩，她非常细心地给我们梳辫子，希望我们看上去像挪威姑娘。”

照片上的她梳着发箍样的发辫，五官精致，是位嫣然似梦的漂亮小姑娘，懵懵懂懂。不敢想象倏如流电的时间，将照片上的髫年孩童掠去了半个多世纪变为花甲之年。

说完她环视了漂亮的房屋，一根绳子拴在了一条干鱼的身子中间，她感叹：“我儿时的北极之梦里，从来没出现过干鱼，为什么要把它挂在房间里呢？”

奥托舒尔茨说：“这是鳕鱼，但这种鳕鱼很特别，它叫王鳕。渔民们靠它来预测天气，天气变化之前，它会转，人们可以从中看出，风暴和其他天气变化的迹象。很多人家都挂这种鳕鱼，它们还会带来好运。”

乔安娜说：“真遗憾天黑了，我迫不及待想好好看看这里。”

第二天清晨，乔安娜目睹了奥镇的美貌，惊呼着：“真不敢相信，美不胜收，整个晚上我都能听到海水拍岸，海鸥在不停地叫。”

木头支架仿佛将砖红色房身和灰黑色的房顶凌空腾起，房顶上伫立着小巧的烟囱，周围是皑皑白雪。黑岩边化了的积雪似时光变老后画中悄然褪色的颜料。支架为房屋安上了许多长脚，这些“脚”深深踏在融化了的冰水里，晨光初吻彼岸时，聆听翻飞的小白帆似的海鸥群发出干脆的鸣音。不远处的雪山环绕着幽浅的水域，在太阳周边的金色光晕晕染延伸至更广袤的远方之处，过渡出伴随暗灰条纹状云带的冰粉色的柔光。

如果用一幅画或一个词来表示挪威，那就是峡湾。进入峡湾后等同进入了一个浪漫的世界，这儿风景如画，诠释了人们对北极的浪漫幻想，壮丽、原始、动人心魄，周围的山就像是童话里的山，仿佛山里住着巨人。

在 19 世纪，美丽的风景让作家、画家和格里格等作曲家找到灵感，创作出了民间音乐、童话和风景画，他们塑造了挪威的特色，使北极的形象深入人心。画家依然对罗弗敦群岛情有独钟，乔安娜特意拜访了托埃萨森的画室。

刚到画室，托埃萨森就热情地向乔安娜打招呼并且说：“欢迎来我的画室。”画家穿着很特别，乍一看他衣服上的图案好似是被各色颜料涂抹上去的，让人以为他是个不修边幅的浑身乱糟糟的画家。但仔细看，才知道这就是服饰本身的设计，灰白底色配上五颜六色的颜料块似的图案，看起来很有创意。

托埃萨森是个彻头彻尾的艺术家，可以用任何事物表现艺术，从他的画室和服装就能看出来。但他和浪漫主义画家一样，从自然中汲取灵感，给他带来最大灵感的是这里的光。

“给我描述一下北极光吧。”乔安娜问画家。

“我试试吧。”他笑着说，“大概四个星期前，我有天晚上去了一个小海湾，我看到了红红绿绿的光渐渐出来，我站在那里，看到极光一点点向我涌过来，包围了我，”说着他双手按住了太阳穴的位置，“以前我从来没有见过北极光，我目瞪口呆了 20 分钟，后来再没见过。”

乔安娜紧紧盯着他的表情，认真听他的描述，生怕漏听了一个字，心情似波澜起伏，而后问：“它碰到你了吗？”

“是的，是的，离我很近，我想肯定碰到了，但我一点都不害怕。”托埃萨森回想到看北极光的场景，仍流露出兴奋和自豪。

“我好想看到北极光，你觉得我能看到吗？”乔安娜一脸认真地问。

“你会见到的，我保证。”托埃萨森依然是笑着回答乔安娜，看得出他是个开朗乐观，生活幸福的人。乔安娜开心地笑了。

尽管托埃萨森做了保证，但夜幕降临后，乌云又笼罩着天空。

虽然乔安娜很想了解北极、北极圈，挪威人和他们的传说，但最大的渴望还是看到北极光，她在摄制组拍摄镜头下吐露内心：“我渴望了 55 年。一直梦想看到北极光，我无法忍受此行一无所获。”

乔安娜的行囊已经打好，情绪有点低落，摄制组在收拾器材，乔安娜打算在奥镇最后转一圈，天幕如蓝色的被褥，将皎洁月光当作垫枕，平躺入夜。

“看！没了，现在没了，对不起，我把你们叫来，”乔安娜指向夜空，对摄制组说，“它刚才就在那儿，就像一道淡淡的彩虹挂在天上，像一抹雾气，但不是。太不寻常了，有点碎碎的，歪歪的，横跨在天上，它已经消失了。”

有人把北极光叫作狡猾的女人，但是她整晚都没再露面。今夜，乔安娜只是见到了这女人骤然晃过的影子。

第二天，她继续向北前行，穿过大陆，把挪威海岸抛在身后，经过考托开诺，又坐车继续向北，在阿尔塔，她将度过一个迷人但寒冷的夜晚，但是不会看到北极光，因为那是在室内。她进入了阿尔塔的冰屋酒店，酒店经理是索维莫森，屋里很冷，但很干燥，室内温度大约是零下4度，发出蓝光的冰墙上的浮雕是鱼与驯鹿的精致图案，她摸着巨大的冰门洞，看到了冰雕动物，有庞大的北极熊，可爱的企鹅，摇着长尾巴的雪橇犬，以及仿照北极光的一排高高低低的短冰柱，再向里走去，乔安娜发现有个美轮美奂的冰教堂。

此时，索维莫森介绍说："我们在这里举行婚礼。冰屋酒店大约经营到四月中旬，那时酒店就慢慢融化了。"

乔安娜看到屋顶上的附着金桔色光线的冰吊灯，就像水晶雕刻成的。她觉得这是一次迷人的童话般的经历。

再次醒来，乔安娜还是要继续寻找北极光。为了得到帮助，只好转向西走，特罗姆瑟（地名）在研究北极光方面的成就无与伦比。或许北极光观测所的楚斯·林·汉森教授能够给她讲解前几天看到的那一幕。

"那天我在奥镇，走出户外，看到绿光滑过天空，那是惊鸿一瞥。我觉得古人肯定怕它。很久以前，人们是不是害怕北极光？"乔安娜问教授。

"是，有一点，人们觉得向它挥手很危险，现在还有人这么认为，觉得它会到地面把你带走。"

"你能说说这到底是怎么回事吗？"乔安娜又问。

教授在画纸上为她画了形象的图案，边画边讲解："带电粒子流打击大气层顶部，粒子的能量转化成光，被我们看到了，也就是北极光。地球是个大磁体，南北两极把带电粒子吸引过去，于是出现了壮丽的景观。月亮，太阳，甚至彗星，只能遮盖一小部分天空，然而北极光会遮住整个天空，从一边地平线到另一边，所以才会那样壮观。要想看到它，需在天空晴朗的时候，找一个漆黑的地方，没有光线干扰，然后去寻找北极光。”

北极光是乔安娜这辈子最想看到的奇观，像垂帘一样的极光，层叠的帷幕从空中垂挂下来。传说，看见北极光的人会得到幸福。

特罗姆瑟周边的天气不稳定，傍晚时，当地导游舍托·斯科格里向乔安娜保证，就算找到早上，也会带她看到北极光。舍托把她带到峡湾边，让她在那里等待北极光的出现，周围一片漆黑。

等待，等待。

天空好似骤然被绿火燃亮了起来，一束麝香葡萄绿的光芒在山岩背后悄然跃起，所向披靡，天边迅速流动着蜿蜒变幻的绿光，映得繁星也比从前更熠熠生辉，天幕呈现迷幻的蓝紫色。乔安娜倒吸一口气，只见三条光带，三面泛白的绿玉色垂暮，在山顶上徐徐盘旋。

魔力北极光降临了。

像是有生命的会呼吸的光，黑岩被它的能量照耀成为绿松石的色彩。一切有声画面此刻被它翻译成了默片。它的流动静止了大地的心跳。

这和她在奥镇看到的绿色波纹不一样。站在这下面，她感觉有点像那幅画里的企鹅彭尼，它就那么恭敬地站在一旁，小胳膊下垂，抬头观看。站着观看的同时她冒出了新的想法，她觉得应该完全躺下来向上看。

于是她平躺在雪地里，变化了欣赏的角度。

光带如仙女的裙妍飘忽天际璀璨间，能打断人类一切的思考，一股引力将人的注意力转移到它的步履之中。地球上一切尤物在它面前都黯然失神了。

北极光在不停地变幻，乔安娜不敢相信自己的眼睛，简直太精彩了。

她的眼眶噙着幸福之泪，她对着摄制组镜头说：“我一生都在渴望看到北极光，现在我看到了，无法言喻，实在是太幸福了，透过它你可以看到群星闪烁，小小的月亮非常明亮，真让人兴奋，太了不起了，这是我见过最壮丽的景色……我有一种奇怪的感觉，它似乎知道，我们多渴望看到它。我觉得现在死也瞑目了，我现在还不想死，但死的时候肯定没有遗憾。”

近代实验科学的先驱者、大科学家伽利略则把极光称作“黎明女神欧若拉”。张韶涵的同名音乐专辑《欧若拉》中有这样一句曼妙的歌词：“魔力北极光，传说的预言，原来就是恋人的眼光。”

穿过北极光，可以感受到人是如此的渺小，一个人可以坚守着一个梦，从儿童变成了老人，55 年了，乔安娜未放弃过追寻北极光的美梦，而她看见北极光的一霎，心情无法形容。进献文学万千辞藻亦无法言语北极光之美，地球上所有光线的美似乎都始仿于它。

美到极致的东西会让人害怕。从前乔安娜不理解这句话，或许人们只是对美的东西有敬畏之心罢了，想尽心呵护它。挥手去接近北极光，它并不会把人带走，心却被掏走了。舞台灯光设计若是能截取它的精粹，融入美的因素，必令周围蓬荜生辉。

北极光，是“天然之艺术，无可比拟之光”。

奇幻篇

魔　蚌

今天傍晚的雨丝牵扯着人的神经，呈现心电图上微弱的脉象，细柔地在风中荡起无数的秋千。

“爸！你怎么来了！今天雨下得不大！”童绘背着书包从学校三楼的五年（2）班教室飞跑下来，来到学校门口，他压低说这段话的声音，紧皱眉头，似是在紧张着什么。

“绘儿，你怎么这样早就冲出教室了？来，快披上雨披。”这位坐在三轮车上的中年男人，细心地用他粗糙有力的大手拂去儿子的短寸头上细密的雨水珠，童绘用余光看到他发灰的手掌，赶紧用手挡开。男人放下手，眼神依旧紧紧盯在儿子的身上，生怕他冻着一般。

童绘正要披上雨衣，他的女同桌从他身边经过。“娟芯，你没带雨衣吗？我的给你。”说着，他手上递来厚厚的红雨衣。“不用了，童绘，我爸开车接我，还是你用得上。”刚说罢，童绘和娟芯都听到了不远处一阵“嘀嘀”声。娟芯的脚步更快了。此刻，他担着雨衣的手臂悬在半空中，任雨丝一爪一爪挠痒他一颗无力、尴尬的心。

“绘儿！”中年男人把童绘叫回神来，童绘带着沮丧的表情慢慢地转向爸爸，听他催促着，“快上车，别人不要就算了！你自己还顾不上，快穿上回家。”

童绘便穿好，踩上车身有些生锈的三轮车，他低着头，蜷着双腿，坐在生硬的铁车皮上。没多会儿，车轱辘随着爸爸的气力而转动起来。童绘见车缝上还有一些微湿的煤灰，想必是爸爸白天运煤时未扫出的。

雨水好像很不情愿被坐在三轮车上的童绘碾压似的，迅速从车轮处四溅而逃。童绘闭上眼，脑袋里回放着娟芯刚才回应自己的神情，她都未正眼瞧自己那么关切的眼神。他又懊恼今天爸爸自作主张来接他，平日里，他都是走一段路，坐公交车便回家的。他也懊恼这盛夏的阴雨天未免来得太勤。

“绘儿回来啦！大桌上有荔枝，自己洗洗吃。”刚回到家，童绘的妈妈便跟他说。童绘原本有些愁眉苦脸的，见到有水果便立马舒展眉头，他找出了水果盘然后去洗。边洗边把一颗颗荔枝放在水果盘上，荔枝很快就洗好了。“妈。怎么就一小串啊？”童绘觉得荔枝未免也太少了些，疑惑地问。

童绘的妈妈一边给他铺床，一边回答：“我跟你爸都吃过了，这些都给你吃。”童绘听完脸色很快变了，“不吃了！就会拿吃剩的给我！”他把水果盘丢在水池旁就怒气冲冲地走进自己的小房间。“妈，你出去，我要写作业！不要在我房间打扰我！哦对了，你出去告诉我爸，叫他以后别来学校接我！”

童绘的妈妈叹了口气，没有吱声，便走出了房间。童绘烦躁地打开书包，摊开课本和作业本，手握起笔，却没有动笔，看着眼前的十几本书发呆。就这样，他不知不觉地在小书桌上睡着了。

他隐隐约约感到有人在他身后为自己披衣服，可他却无法扭头，也无法说话，总是醒不来。

“绘儿，起床啦！”童绘听见妈妈正喊自己。

他睁开眼睛，天已经大亮了，于是赶快起床。“糟了！昨晚作业一门也没写！”他很生气地责问妈妈：“昨晚你们怎么没来房间提醒我？”童绘的妈妈说：“你爸他心疼你，让你先睡了。好了好了，已经都要上课了，别磨蹭了，快去刷牙！”童绘还想问爸爸是怎么回事，想起他每天清晨5点就要去拉煤，便没继续说了，只得硬着头皮去上课。

童绘来到教室显得心神不宁的。他交不出作业本，小组长和课代表都记下了他的名字，早读课下后，他后桌李锐突然挤到他和娟芯的中间说：“童绘！昨晚放学看到你跟一个蹬三轮的说话，然后你就跟他走了，那人是你爸？”童绘的心紧张了一下说：“不，不，不是，邻居，也来接他小孩的，没想到他家的已经被接走了，我顺道跟他走了。”李锐点点头，又问：“那你爸你做什么的？开车吗？”“开……我爸是厂长……”童绘说着说着，声音放低了。“那你爸挺牛的，只不过你每次都自己回家，他也没空接你吧？”“嗯。他忙得很。”

“童大绘！童大绘！老班喊你喝茶去喽！”“童大绘！补作业去吧，哈哈！”几个搞怪的同学你一言我一语的挤在教室门口，做着鬼脸冲童绘喊。童绘不禁回回头，发现有不少同学都听见了，面色从耳根红到了脖子根。

童绘缓缓地踱步进了办公室，还没敢抬头看班主任的脸色，就听见她一贯严肃的声音：“你一门作业都没写？！”

童绘支支吾吾地说：“张老师，其实，其实，我昨晚想写的，可是犯困了，我爸说看我累了，没叫醒我，不小心一觉睡到天亮了。”

“要是大家都累了，是不是都可以模仿你不写作业？你的学习成绩一直是班上的中上游，只要加把劲就能到优良的阶段，这个时候怎么能放松学习呢？明天把你家长喊来。”班主任态度坚决。

傍晚放学后，他看到天空的晚霞好像是班主任办公桌上的红墨水被注入了清水之中，任性的在这样清朗如蓝的水天之中扩散，成型，变幻出无数张嘴巴，责怪自己没有写作业。他一直想着喊家长的事情，可自己白天才跟李锐说自己的爸爸是厂长啊，可爸爸的穿着、气度没一点像厂长，再说他要是再骑着那辆笨重的破三轮……

童绘不想那么快回家，慢慢地走，踢着路边的石子，看着密得不透气的老墙上的爬山虎的青叶被夕阳抹成了酱紫色。不知不觉来到学校附近的一条河塘边，听河水哗哗地冲向岸边，看到一个微微张口的河蚌壳，在含羞渐退的天色中瞩目起来，莹白色的光芒让童绘立马想到了珍珠。

他拨开河边深似白丛林的芦苇，惊喜而好奇地捡起它，童绘感到手被这蚌壳弄得黏糊糊的，向着张着口的缝隙里细瞧，忽地他感到一股强烈的白莹莹的光芒照向自己，一种强有力的力量拉着自己进入蚌壳，他觉得自己的身体、衣服在这股光芒的照耀下在不断缩小，缩小到他觉得自己手中的蚌壳越来越沉，那光芒更是刺得他睁不开眼。

好在，这样带有力道的光芒渐渐收束了气力，也微弱了光线，当光芒即将消失时，他隐约感到自己已经站在这奇怪的河蚌里，只听“啪”的一声，蚌壳自己合上了。

童绘发觉自己走进了一个狭窄而黏糊糊的地方，每走一步，脚下都被黏液黏得行动艰难，不过脚下的路是刚才走过的河塘边，他想快些逃离，于是努力地走着，神奇的是脚下的路越走越宽，越走越轻松，他脚步轻盈地来到了熟悉的十字路口，穿过这里，前方不远处不正是等待12路公交车站牌的路口吗？

然而，一个帅气而风度翩翩的，长得很像周润发的中年男子正在倚靠着一辆全新剔亮的军绿色豪华路虎SUV吉普车，他是那么的吸引人，周围的人都在回头看他。童绘也看着他，他此刻的眼神像一盏幽蓝大海上的灯塔，正紧紧地盯着自己好似游荡着的船只般的眼睛。

童绘不由得想大声喊叔叔，不过他的嘴里竟喊出“爸爸”两个字。“乖儿子！”他很快应声并走向马路这边，卸下了童绘后背上沉重的书包。这回应让童绘的脑袋嗡嗡响着，好像有只蜜蜂在自己脑袋里乱撞。心想，自己何时有发哥一样帅的爸爸？

他白皙的大手牵着童绘过马路，更神奇的是，他不用再等待，因为周围的车流和行人在他们过马路的这一瞬间都静止不动了，童绘被这一景象惊呆了。当他们过完了马路，那些车水马龙的景象才恢复原来的秩序，刚才，是魔法在作祟吗？

“儿子，爸带你去西餐厅吃一顿好的，然后我教你补上作业，好吗？”眼前这位发哥爸爸说。

“好啊！”童绘爽快地答应了。他上车后，坐在副驾驶的位置上，他觉得副驾驶的座位很软和，前方的视野也无比清晰，扭头见后面还有两排宽敞的座位。

他们到了一家装饰梦幻的西餐厅后，只见一位穿着华贵、性感妩媚，长得很像明星的年轻女人在座位上微笑着等待他们。童绘很想叫一声“姐姐”，可他分明听到自己嘴里喊出的是妈妈。“妈！你不用到厂里上班吗？”童绘忽然想到白天时妈妈是没有休假的，便诧异地问。

当他走到这位新面孔的明星模样的妈妈面前时，她温柔地摸摸童绘脸蛋说：“傻儿子，我可是嘉思集团的总裁啊，忘了吗？”

“那爸呢？他不用再拉煤了吗？他今天怎么开车拉煤了？”童绘惊喜的面容中带着些许疑虑。

“你老爸可是蝉联五届商界富豪榜第一的哟！”“发哥”自信非凡的说。童绘带着仰慕和钦佩的眼光看着他，不禁说：“太好了！我爸太厉害了！”

用完晚餐他们一家三口一起回到别墅区，金色的欧式大门自动打开，十位仆人站成两排，在院子里迎接他们。童绘和发哥爸爸一起进入了偌大的书房开始补作业。爸爸拿出一支新笔对童绘说：“试试这个。”童绘接过这只莹白色的钢笔，发觉这支笔突然握住了自己的手，他并没有抓紧它，它竟懂得主动跟自己打交道，任由它用无形的力缠住自己的手指，写出漂亮的字迹。“儿子，你可以命令这支笔自己写。不然它老跟你的手指黏在一起多累啊！”

“笔啊，你自己写作业吧！”童绘的话音刚落，那笔也不知用哪只“耳朵”听见的吩咐，立马从童绘的手中跳出，在作业本上空自由挥洒，不一会儿便补上了一门作业。

“儿子，我们出去打高尔夫，让作业自己去写自己，怎么样？”发哥爸爸笑着说。

“好！老爸你的这支笔太帅了！我喜欢！”

打完了球，他们回来取补好的全部作业，一起向学校出发。童绘舒坦地坐在车里想，我补好了作业，班主任和其他老师也不敢说我什么。

父子俩来到学校，回头率百分百的发哥爸爸拎着自己的书包，走在校园里一路陪伴着自己。童绘看到同学们羡慕的目光，尤其是娟芯，她葡萄一样好看水灵的眼睛一直崇拜地看着自己，童绘看到之后别提有多开心了。

因为补好了作业，班主任不但没有批评他，还在班上表扬他及时补好了作业，准确率是全班第一。童绘的心里美滋滋的。

傍晚放学的时候，童绘见娟芯一直站在学校门口，等不到家人来接，就问她怎么了。娟芯说她的家人有事情要晚点才能来接自己回家。童绘大方地说，我让我爸开车送你回家，你看，马路对面那辆军绿吉普车就是我爸的，他在对面等我很久了，我让他先带你回家。娟芯看着童绘，神情里带着感动，然后他们一起肩并肩过了马路。到了车上，他拿出爸爸刚买的一些鸡翅，递给娟芯，他们两个在车后座一起吃，娟芯很客气地说，谢谢你，谢谢叔叔。童绘看见娟芯脸上灿若桃花的笑容，自己的心里也乐开了花。

就这样，日复一日过去了，童绘的自尊心得到了很大的满足，他每天都穿着品牌衣服、坐着豪车来上学，作业和考试卷也不用自己写，有魔笔来帮忙，他只需要活着，按照新爸妈安排好的来生活就行了。渐渐的，他觉得活得很不真实。一次，他跟发哥爸爸在饭店吃饭，发现饮料里有个小黑点，他想用吸管挑掉再喝，发哥却直接倒在垃圾桶里，让服务员再换一杯。童绘心里想起，以前爸爸说过，如果水脏了，挑掉里面的脏就能再喝的。于是他告诉了发哥爸爸，发哥爸爸却说："不行，那样多不卫生，是谁告诉你得那样做的？"童绘看着他认真的神情，只胆怯地说了句："我只是觉得浪费。"

终于有天，他忍不住迸发出内心的恐慌，对自己的发哥爸爸说："你们都是从哪来的？我想我的亲爸妈了！"发哥爸爸生气道："我就是你的爸爸！给予你一切保护和快乐！"

童绘使劲地摇头说："不！总觉得你们少了些什么！你没有我爸体贴，我爸每天都会在我的杯子里装满水，让我带去上学，让我路上小心，你每天就塞钱给我，接送倒也接送，就是一路上不吭声。我也不知跟你说什么，你也不跟我啰唆，我不习惯。我妈每晚都会帮我重新铺好被子，晚上睡觉前会帮我倒牛奶喝，睡觉以后，她会过来帮我压压被子，叫我晚上别蹬被子，每天早上都会喊我起床，喊了三四遍我才会起来。而这个新妈只会给我一个闹钟，让我自己起来，冷冰冰的，没有妈妈的感觉。我爸每次抱我的时候会留下一股汗臭味，而你身上古怪的香水味让我们之间有种莫名的距离感。还有，你们总是叫我儿子，我还能没有名字吗？我爸妈总是喊我小名的！”

“够了！”发哥爸爸发火了，“你不可以想他们，不然我和你妈都会消失，你忍心失去这来之不易的一切吗？你爸成天脏兮兮的，你老妈连给你买水果都那么抠，有什么好的？”

“不！我就是想他们！不对，你怎么知道这些的？你究竟是谁？！”童绘很愤怒，虽然他自己埋怨过爸妈，但是这样的话从别人嘴里吐露的时候，让他浑身不爽。“你们是蚌壳里面的人，对吗？我记得我是从蚌壳里走着走着，才遇见你的。我知道蚌壳里面有珍珠，如果你不说，我会回到河边，去把珍珠捏碎！”

“不！绝对不可以！你找到珍珠，会看见你过往的一切生活，你如果想看，就不要破坏珍珠！”发哥爸爸焦急地说。

“好！不破坏也可以，看完就得放我回去，我不想待在蚌壳里做一个虚无的梦，我就是想爸妈！”童绘下定了决心。

“不用你找，我带你去找珍珠。”发哥爸爸说。于是他们来到了河塘边，童绘发觉自己的脚步越来越难行走，就像一开始待在蚌壳里的那样，鞋底黏糊糊的，他想，这定是蚌自己分泌出来的粘液吧。

他发现自己的路越走越窄，直到感觉天空是一个蚌壳的形状，差点儿得弓着腰前行了，他发觉眼前又出现了那道熟悉的白莹莹的光芒，等到光芒不再闪烁时，他看见了一颗美丽莹润的白色珍珠。它的身体上竟然出现了一片混沌的动态影像，不过，这些影像越来越清晰，就像电影一样。

在珍珠里，童绘看见爸爸拉煤时被人数落的场景，他面对责骂默默不语，之后他领了工资，回到家，却改变了他愁苦的情绪，对着童绘时乐呵呵的，好像什么也没有发生过，还给他带回来一个新的文具盒，祈盼童绘能开心，然而童绘看到珍珠里的自己，居然生气了，说不喜欢那个文具盒。爸爸脸上粗糙的肉又耷拉下来，恢复了忧郁。童绘却一点儿也没有体察到爸爸的心。

突然，画面切换了，童绘看见了下着小雨的那天，爸爸骑着三轮车来校门口接自己的场景。爸爸正用他粗糙有力的大手拂去童绘头上细密的水珠，童绘这时在珍珠里看见了爸爸手上的掌纹很深，也许正因为这样的缘故，他的掌心发暗，深藏着那总也洗不尽的煤灰。可是，一个让童绘意想不到的画面出现了，影像里的自己，竟然无情地用手挡开了爸爸的手！

童绘看到这里，心在纠缠，为何自己才看到爸爸是这样的疼爱自己，他想用手抹去自己头上的雨水，可是自己却用手任性的挡开，挡开了他的爱，挡开了他的亲情，挡开了……

画面又切换到了刚从工厂里下班的妈妈，她走在路上，看了看路边的水果摊，她自言自语道："荔枝贵是贵了点儿，不过买些给绘儿解解暑是好的。我们家虽然没有钱，但偶尔奢侈一下是行的。"于是她挑了一串荔枝，带了回家。

童绘看到这里，眼泪唰地一下汹涌而出。原来，妈妈是舍不得买荔枝吃，只买了一点，全部留给自己尝的。然而，当她满心欢喜地期待着童绘能喜滋滋地吃荔枝的时候，童绘却把刚洗好的荔枝，搁在一边，怒气冲冲地说："不吃了！就会把吃剩的给我！"

童绘责怪着自己丝毫不体察爸妈的心。其实每一个爸妈都是孩子的小棉袄，而孩子何时才能成为爸妈的贴心小棉袄啊！爸爸妈妈又何时指望过孩子能给自己带来什么？他们只是默默无闻地爱着孩子。

忽然他听见熟悉的声音在喊自己的小名，是爸妈在寻找自己吗？他们一定很着急！于是童绘赶紧捏紧珍珠，对身边的发哥爸爸说，放我出去，不然就把珍珠捏碎，你这蚌也会痛苦而死！

“好好好，你轻点儿！是我们无缘，其实，我是一个魔蚌，当你厌弃爸妈的时候，我才会出现，当你想念爸妈的时候，我就会自动消失。再见了，孩子！”事已至此，发哥爸爸说话竟也淡然了许多。童绘看见他忽然变成了一团肉色的蚌肉，而不知何时出现在发哥爸爸身后的明星妈妈变成了另一团蚌肉，珍珠散发出的强光使得蚌壳张开了，童绘觉得自己的身体和衣服慢慢在扩大，直到完全踏出了这蚌壳。他害怕地紧闭眼睛，攥紧拳头，等待平复这一切的时候。

终于，当他觉得身体恢复了正常大小之时，定睛瞧见脚下有一枚普普通通的蚌壳，而它也不再散发光芒。他觉得这蚌壳太过诡异，便拿回了河边芦苇丛中的原地。

眼下天完全黑透了，他看见有人打着手电筒，又听见熟悉的声音焦急的呼唤：“绘儿！绘儿你在哪儿啊？！”是爸爸妈妈！他心里一阵狂喜，顺着手电筒的光线一下子看见了亲切的面孔，扑到他们的怀里，久久的不放开……

长风破浪的美食

蕾羹国国王柯尔间五十岁寿辰之际，宣布大摆国宴十日，每日呈上一百道佳肴，今日是国宴最后一天。王公贵族们齐聚一堂，觥筹交错，言谈甚欢。红粉玉人轻歌曼舞，异香满座。流火七月，金殿中碧瓦朱檐，冰灯溢彩，宫花簇簇，笙箫过耳，红袖在侧。

第九百九十九道宫廷菜：云丝玉蟹丸。御厨冰旻将二十只生于明澈的青暇湖里的鲜活金蟹身体中最嫩滑的白玉般的腹肉取出，捣碎后加以初吐芳蕊的莲王之叶上的露珠，制成六颗玉蟹丸。

再将二十枚鸡蛋黄搅匀后煎为蛋皮，切成毫发之细，缠于玉蟹丸上，最后撒入宫廷秘制香油，盛入银盏。观之如金光渗入云霞，凡俗了悟禅意；嗅之似月之冷香盈入朱户，浑身清朗，而思之入脾。

第一千道宫廷菜：粉肌桃花露。将桃花瓣浸入羊奶之中，经七日浸泡出桃香，加热凝固成桃花羊奶糕，切成细块，以桃肉研磨成浓汁，浇灌在羊奶糕表面，再将鲜嫩欲滴的桃花瓣及薄荷叶环绕缀饰，人手一碗，嗅之可亲，食之如饴，咽之含香。

“还有什么吃的？快上！快！”贵族杉木煜刚咬了一口羊奶块，就不耐烦地将眼前的粉肌桃花露推开，桃肉汁洒到紫檀木桌面上，香味一时间飘散开来。世间的珍馐美味、饕餮大餐都尽呈嘴边，可肚大膀圆、赘肉层叠的杉木煜还不知足，每尝一口，便要继续品下一道，一千道宫廷菜里，起码有六百道连瞅都没瞅一眼。

杉木煜这么一说，其他二十余位王公贵族们边打着嗝儿边纷纷附和，国王柯尔间用他那努力睁大的眯缝眼瞧见了大家的躁动不安，摸摸鼓鼓囊囊的肚皮，剔着门牙，漫不经心地提议道："好了，各位爱卿，我看这殿外的日头已过头顶，接下来撤去这些剩菜，改为百茶宴，怎么样？"

"好！国王说的好！饭后该喝茶了！"杉木煜带头扬起大拇指。

柯尔间令主厨冰旻和御厨们过来撤菜。主厨冰旻见宴席上色味俱佳的菜品还没被动过几筷，就变成了如此不堪入目的模样，此时倒映在他黑瞳里的食客们，就像混入他神圣朝拜的清冽食潭里的一滴墨汁，一下子晕染开来。主厨冰旻心里不禁咒骂道：这些酒囊饭袋，只知搜刮民间财物的贵族，个个不懂怜香惜玉，总要焚琴煮鹤、暴殄天物。

"厨子！你发什么愣，还不快先到国王那边的宴席撤菜？其他厨子都在我们这边开始了！"杉木煜松了松压紧他腰际的腰带，以余光斜向他说。

冰旻听罢回过神来，赶紧上前，他有些心不在焉，端菜时不小心碰倒了国王眼前盛酒的琉璃盏，"哐啷"一声，琉璃盏栽成两半。

这一碎，触到了国王身边的柒王后的霉头上，她的脚本能地往后一缩，平定之后曲眉紧锁，凶光满面，气焰冲冠，猛得拍案而起："你竟然敢打碎国王的琉璃盏？国王正欢天喜地的庆贺生辰，怎么可以发生如此不吉利的事！来人！给我用这两片琉璃盏碎片，将这不知死活的厨子一片片剜肉处死！"说罢，柒王后把纤细的手掌轻搭在国王的肩头，一副明事理的样子，国王摸了摸她白嫩的手背，示意她莫动气。

柒王后坐了下来，发髻上的步摇簪仍在剧烈地颤抖，已经闭合的红唇边上的脂粉，还没从刚才急剧扩张的毛孔中匀开，显得面容像是一张凹凸不平的旧纸。

来不及解释什么，冰旻很快被押到刑场。刽子手将要执刑了，倍感苍凉的冰旻在临刑前仰天长啸："你们都听着，我的心血——蕾羹国国宴上的食物将会为我报仇，国王！王后！你们会比我死得更惨！"

国宴还在大张旗鼓地进行着，只是众人眼前的紫檀木桌面在不停地震动，放在桌上的手指开始发麻。杉木煜手里拿的葡萄酒杯霎时间不受控制地剧烈颤抖着，忽而葡萄酒离开银质酒杯，腾空而起，一圈一圈旋转，形成了一张圆脸。这张圆脸盘着细流状的腿，交叉手臂，裂开无牙的、正不停流动的紫唇，嚣张的、挤眉瞪眼的对着杉木煜，并且把酒从嘴里吐到他的脸上，直到把这圆脸全部吐得消失不见。

杉木煜被喷得从椅子上摔了下来，他晃晃脑袋，不敢相信，他的桌上被他糟蹋的羊奶块，都如子弹发射似的冲向他的眼球，使劲往里挤着，他整个人疯了似的，在地上形象全无地号叫、打滚儿。

“怎么回事？要地震了吗？！杉木煜怎么了？”国王柯尔间还没有看到杉木煜的遭遇，只是见到他滚在地上那不得体的浑球样儿，顾自说着，担忧地离开了自己的座位。接下来的一幕让所有人呆住了：只见十张十米长的紫檀木宴席桌上的瓶瓶罐罐、盘盘杯杯一个个全都悬浮凌空，并且开始变形，自主动弹起来！云丝玉蟹丸们不知怎么的都长出了和他们身体颜色一样的眼睛和手脚，尽情的在空中旋舞。玉掌献寿金鸭汤里，煮熟的鸭子复活似的飞蹿了起来，可肉质分明是熟透的样子……

“来人！快给本王后镇压住它们！！这些食物成精了！！！”柒王后镇定而威严地下令，她拿起了桌子上切肉的蒙古刀，挥刀切开空中的飞食，一根细面被她砍成了五、六截，疼痛地捂着身子瘫软坠下。众人见此无不佩服柒王后的胆识，也都壮了胆子。

“怎么就这十几个人？再派精兵强将一百名！我看还收服不了这些妖孽？对了！多准备些家伙来！”柒王后一阵威慑后，淡定自若地接住一个直愣愣地飞向她眼前的方盘，当作镜子映着自己的美貌，仰首挺胸，信心爆棚。

侍卫们拿来了细网、大刀，甚至是喷火枪来镇压这些“活了的”食物，一些动作快的食物在慌张中逃跑了，可有的食物不幸被擒住。

国王看到食物们被压入监牢，松了口气，安抚王公贵族们道：“都是些个剩饭、剩菜！我还以为能闹出个大闹天宫呢！多亏王后的机智，让我们共同举杯，额……让我们同心协力，共创我蕾羹国盛世！”柯尔间想起酒杯都被押走，尴尬地挥起长袖，欣赏地看着柒王后，再把目光转向众人。

幽暗的牢底，食物们挤作一团，有的在呜咽，有的愤愤不平，有的正回忆往事。他们有情感，有故事，跟人类一样。

樱桃果盘话最多，几十颗樱桃叽叽喳喳的从各自是一粒种子、发芽、开花、长成樱桃树上最漂亮的一颗被摘走，说到被刀剔籽、摆盘，后来端庄妍丽的呈在国宴上的荣耀经历。

饭米粒说了空巢老人的故事，老人满心期盼的做了一大桌子菜，等到菜全凉了，儿女也没回来吃。他孤零零地叹气，又热了一遍，还是凉到只是一个人。他开始自己吃，吃眼前最近的我，吃着、吐着，吃着、吐着，最后动不了了，嘴边还粘着我。

老人走了，原本都出了门，灵魂又回来嗅我身上的香气，呆望在门口等待儿女的身影，还是没有等到。之后真走了，我的味道跟了他几秒钟，安慰他受伤的心灵。后来我知道，他那时候不是灵魂回来了，是回光返照，还活着呢！只是抱着最后一线希望，仍等不到他这辈子最爱、最爱的孩子们，伤心而笃定地离开这个世界。

还有樱花饼，她说，吃一种东西，尝一种味道，会想起一个人，一件事。我是关于爱情的樱花饼，是由一个男人为唤起心爱女人的味蕾，创制出来的……

众食物正在听樱花饼讲她的故事，一位瘦高的狱卒打开牢房，一眼看见了身姿还算完整的她，直接把她拿走了。樱花饼害怕地躺在狱卒偌大的手心里，身体有些发抖，不知狱卒要拿自己做什么。

她看见狱卒打开了牢房的一个抽屉，里面有两张正方形油纸。她被放在油纸上，又被小心地包裹起来，接着她什么也看不见了，感觉狱卒带着自己走动着，直到亮堂的光线穿透了薄薄的油纸，刺得她睁不开眼。

“给，拿去吧。”是狱卒的声音，这串空气中颤簸的线性音波掺着温暖。

“谢谢，谢谢。”“谢谢叔叔。”“谢谢叔叔。”耳畔传来一位妇女的暗哑声，加上一男一女孩童的低音，还有夏雨打湿了自己肩头的“嗒嗒”声。

樱花饼听出来自己是被狱卒送给了他们。

油纸被打开，樱花饼的眼前出现了一张被岁月蹂躏的脸：土黄色的枯槁面孔上沾染了几块灰色，眉毛淡如沁入肤壤的枯草，眼睛里的神色似被两柱余烬的线香取代，干裂的唇好像褪却了裙色的石榴花瓣。

妇女将樱花饼拿给孩子们吃，孩子们让给娘，让来让去谁也没有吃。过了一夜，他们三人饥肠辘辘，妇女又慎重地打开了樱花饼。

此刻的樱花饼开始咳嗽，面容憔悴，没有昨日的鲜嫩，她惊讶地发觉身体长出了不少白点——发霉了。

妇女终于掰开了酥脆香软的樱花饼，只是她啃着那发霉的一半，吃完后，将剩下的递给孩子们。

樱花饼并不想让妇女吃自己身上的霉块，吃完了她会肚子痛，可是樱花饼无能为力，知道自己与其说开话来吓到他们，倒不如安静的让他们填肚子。

"小饼如嚼月，中有酥和饴。"吟着苏东坡的诗，樱花饼想起国宴上的贵族咬了自己一口，就又甩开自己，那些富丽堂皇、外表光鲜的生活，又怎能掩饰自己内心的空寂、落寞呢？在朴实、没有遮掩的穷人的世界里，我又是那么可贵，被视若珍宝。我不仅是爱情的樱花饼，还是亲情的，或许我的家族还会经历更多的情。食物有情，食物非无生命，看一个人，要看他待食物的态度、看他爱着什么样的食物，看他最真的本味。一个人的嗓子会骗人，可舌头不会。

妇女和她的儿女在废弃的工厂里吃完了樱花饼，只剩下一粒饼渣，落在无人知晓的角落，他们要继续出发了，去乞讨，征集人们的怜悯。樱花饼渣感觉身体被托起来了，撞击到锈迹斑驳的厂门，疼得想哭，等她又落到树杈上时，才知刚才不过是一阵微风，就让自己风中凌乱，此刻好想有一个庇佑的场所。

一只乳鸽飞过来，悬空飞在樱花饼渣身旁，看着她发愣。

"不要吃我。"樱花饼渣乞求地说。

"樱花饼妹妹！是我呀，我们一起在国宴上的，快来藏到我的翅膀下面，我们其他逃出来的菜肴正计划救出大家，没想到遇到你了。”乳鸽已被宴席上的人拽去了双脚和背部，只能用翅膀飞行，无法用脚停歇下来了。

樱花饼渣定睛一看，真的是浑身被拔了羽毛、呈现红色肉质的烤乳鸽，于是放心地滚到了他的翅膀下。

“太好了，带我去救出大家！”樱花饼渣感到自己不仅找到了救命的稻草，还找到了归属。

“我们的造物主，御厨冰旻，他在民间有个家，他非常爱做菜，家里全是厨房，只不过他人走了，厨房也空了，咱们的根据地就在那儿。”乳鸽说着，带樱花饼渣一起，向一缕阳光那儿飞去。

月光皎洁，蝉奏声声，趁国王和王后熟睡，食物们潜入宫中将他俩绑上绳索，齐心协力地抬走了。

食物们先是将国王、王后放在冰旻家的空厨房里饿几天，他们两个人饿得头晕眼花，没有力气。

待全城为国王、王后失踪之事焦虑不安的时候，文笔好的竹笋玉米羹写下了一封告示：放出宫廷监狱里的食物们，国王和王后自然就会回到宫廷。

很快，食物们被放了出来，一千道菜肴齐聚一堂欢腾庆贺。大家商议着国王和王后已受到惩罚，派乳鸽去解绳索，将他俩放走。

凌晨 2 点钟，乳鸽刚进入厨房就看见王后的背影，她已经解开了绳子！他更瞅见柒王后正用菜刀剁着什么，随后边从锅里拿出肉来尝，边津津有味地翻炒着。

“乳鸽哥哥，厨房里没食材，王后怎么？”樱花饼渣从乳鸽的翅膀下露出来，惊异地盯着哼起小曲儿的柒王后，而柒王后身边惊现了一颗头颅和两瓣屁股，分别放在两个钵子里。

“你在吃什么？”乳鸽气冲冲地飞到柒王后面前，她打了个嗝儿后看见了他，直接扔刀具到他的身上，乳鸽顺势躲闪开，柒王后趁机逃走了。樱花饼渣抓不住乳鸽，被甩在了钵子里的头颅上的卷曲头发里，她瞠目结舌地看着这颗血淋淋的头颅——是国王！

没过多久，蕾羹国上下都在议论柒王后所说的国王的“遗诏”，原来，她说国王在驾崩前，要她在七日内登基成为新王。大臣们不愿相信，可也拿她没辙。柒王后有不少手段，顺势拉拢了不少人，一时间反对她的声音竟销声匿迹。

七日后，登基大典开始了，柒王后期盼着金闪闪的王冠戴到自己的头顶时的惊鸿一幕，把自己装扮得高贵非凡，发髻竖起半米之高，晶莹灿烂的头饰极尽华美，她穿了十二米长的孔雀蓝长尾裙，拖在红毯上显得颇为壮观。

柒王后挥舞她的花袖袍，站在高阁上俯瞰上百位臣服于己的王公大臣，喜不自胜。就在她接过王冠的时候，两个圆溜溜的东西悬浮着蹿到柒王后的眼前，柒王后吓得魂不附体——是国王的头跟屁股！头颅下方的屁股紧跟着头颅，好像身体还连着它们一样。

“我是国王菜，是柒王后亲手做的！大家听着！这个丧心病狂的女人吃了我的身体，只剩头颅和屁股！我代表我的一千菜肴将士讲话：铲除妖后，恢复我蕾羹国的安宁！从今天起，杜绝浪费食物的恶习，长风破浪！勤俭治国！”国王菜面向大臣们慷慨激昂地说。

“大家别愣着！这是妖怪！国王早就被那些妖菜给杀了，赶紧把妖怪烧死！”柒王后也不甘示弱。

一千道菜肴早就做好了准备，一齐向柒王后进攻，她浑身都被食物包裹住，长裙也被撕成好几条，最后被自己的裙条倒挂在了树上。

这时候，群臣们簇拥着国王菜，他们熟悉国王的模样、声音及动作、神情。有人呼吁要国王菜回归到王位上，但国王菜已闻到自己开始发馊的身体，他亲自选拔了一位品行良好、勤俭节约的厨师——冰旻的儿子冰淇淋做了国王。而国宴上的一千道菜肴被封为宫廷特别护卫队。

一树黄金一树梦

裕田村的山，像唇。

上唇是山脉，白齿是河流，下唇是倒影，一唇一风景，一唇一世界。

小村的人文，像唇。

三千枚唇悬浮在空气中，撇唇，撅唇，咧唇，咬唇等形态无处不在……

柔粉的、花瓣似的两片唇是女人的，有清水芙蓉，不加修饰的自然唇；有烈焰焚心、血阳般的红唇；有被一场雪覆盖过的、脉搏微弱，为生活所累的霜唇；有被白布遮住的死寂的乌唇。

男人们几乎都外出打工，多的是留守女人的唇。唇片越叠越厚，但也被日子越削越薄，如一轮朝阳涣散成地平线上的几缕红绳。

枫叶似的两片唇是返乡男人的。有紧闭叶片的默唇，有开合频繁的话痨唇，有开开合合后，抿住叶片的思想唇。

自然唇来到乌唇旁，用唇瓣顶开化妆箱，衔着唇笔在唇彩板上沾了沾油亮的桃红色，兔毛制成的唇笔，一丝丝沾染向乌唇，乌唇的唇瓣不会再绽放，即将腐化，像枯萎的花，入土为安。它如果还有生机，一定还希望自己回到最初花开的时候，用一抹动人的色彩，点亮混沌的世界。霜唇站在一旁，下唇颤抖，像在猎人枪口下颤栗的相思鸟。

裕田村里有一个可爱的小男孩，他的头扁扁的，像豆子，大家都叫他小豆子。他的家里非常贫困，他的妈妈每天只能做稀饭、青菜给他吃，他并不满足于这样的生活条件。尤其是，妈妈总提到城里的女人，有“口红”这个物什。

有一次，他听说村里的一棵老树底下埋有金币，于是他便偷偷去挖，他找到了十几棵老树，一年时间过去了，他把每棵老树都挖了一遍，每棵树都挖了半米深，但是他依然没有找到金币，他非常失望，便暂时放弃发财梦，放弃给妈妈素色的唇上，添上一抹动人的唇彩。

有一回他的小伙伴大华神神秘秘地对他说：“我知道哪里有金币。但是我一个人挖不动，我带你一起去挖。”于是小豆子就和大华一起来到了邻村。

走到邻村的时候，太阳沉到地平线以下了，天色黑黢黢的，小豆子有些害怕，他说：“万一我的妈妈找不到我怎么办？我们今天晚上能回去吗？”大华安慰道：“挖到了金币，就都值得了，你妈妈找你也就是一晚上的事儿，今晚我们挖出来，你妈妈得知你发财后，一定会很高兴的。”

小豆子跟着大华去了邻村桃源村。桃源村有一棵一千多年的古银杏树。它有十米高，四名成人才能合抱起来。

“瞧！就在这棵古银杏树下！”大华美滋滋地说。古银杏树金晃晃的叶子就像黄金一般，在夜晚动人地闪烁，在月光的反射下，它那么金灿夺目。

其实，它们更像遗落在人间的檀香扇，幽香阵阵，抚慰那些失格的灵魂。晚风阵阵，金色雨花，把空气梳理成待嫁姑娘的额发。

小豆子问大华：“怎么这棵树这么大，这么粗，我们两个人根本就围不过来。你让我下去挖这棵古老的树，倒了怎么办，它可是国家一级保护名木啊！在这棵树下挖洞，会不会犯法呢？”

大华很快说：“犯什么法啊？这棵老树又不会死！”

他们挖了一会儿，突然觉得大地好像在震颤，发出“嘶……嘶……”的声音。

“这是什么古怪的声音？”小豆子轻声问。

“我没听到，别吓自己。”大华大胆回答道。

与此同时，已到了晚饭点，小豆子和大华的父母亲带领亲戚朋友出来寻找他们，呼唤他们，可是他们找遍了村里的大树，怎么也找不到孩子，焦急得报了警。

小豆子和大华用铲子一铲一铲的挖古树，那巨大的古树，一直发出“嘶……嘶……”的声音，仿佛一个人被小刀片划了身体，那是谁的疼痛声吗？

“哎哟，你们两个小朋友，到底想干吗？”一个低沉而沧桑的声音从地底下腾空而出。

两个小朋友吓了一跳。大华比小豆子大三岁，他斗胆问：“是谁在说话？”

“是我，我就是这棵老树，你们到底挖我干什么？你们想让我死吗？我都活了一千多年了，我可是树仙呐！”银杏树仙突然从他的躯干上显现出了苍老的五官，他的白胡须也足有一米长。

小豆子定睛一瞧，没有畏惧，倒是来了精神，他问：“什么？你是神仙，神仙爷爷，那你的脚底下到底有没有黄金？”

银杏树仙说：“我的脚下哪有黄金？你们看我身上的叶片，像什么？”

两个孩子抬头一看，哇！那金闪闪的叶子在月光下，微风过处，发出金属间清脆的碰撞声，不正是一片一片的金币吗？

大华迫不及待地用长长的竹竿去打金叶子，却被簌簌落下的金币掩埋了起来。小豆子看着金叶子入了神，没有在意被埋起来的大华。

“咦？我看白天的时候的古银杏树上的是银杏叶啊！为什么到了晚上，就变成金币了呢？”小豆子说。

银杏树仙说：“我是一棵神奇的树，你想看到什么，你就能看到什么，你此刻能看到黄金，你看我的叶子，便是黄金，你们想看到你们的爸妈吗？他们正在焦急地找你们呐！”

小豆子说：“不想，我不想看到他们，我不想再过贫苦的生活了，你看我的衣服，全是补丁，我每天喝稀饭，就稀粥，就臭豆腐干，野青菜，我不想吃那样差的食物，我还想吃好吃的，我还想学习成绩，在班上，不是倒数，而是正数，你能办到吗？”

银杏树仙若有所思道：“我办不到，但是，只要你相信心中所想，你一定能够看到它。就像你现在看到了黄金，我满足你的愿望，但是你心中的其他愿望，你必须要为之努力，否则，你就永远待在原地。你的家庭贫困，但是你把我换成了钱，你的成绩就不倒数了吗？你的成绩还是很差，以后读不了大学，你也改变不了你没有知识的命运。你的命运，你的阶层，你的气质，你的为人处世，不是金钱能改变的，你要通过辛勤的双手，灵活的大脑，才能改变这一切。我是树仙，但我并不是一个法力高强的神仙，我可以让你从我的身上摘下、带走几片叶子，但是明天天亮的时候，他们还会变成普通叶子，你还愿意把我带走吗？”

小豆子说：“我不愿意，既然金叶子会变回来，那么我不愿拿你去欺瞒别人，用你去换钱。”

“你是诚实的小孩，大华有点贪财，但他是重情的孩子。你去拉他一把吧。然后我护送你们回家。”银杏树仙说。

小豆子这才看见在金叶子堆里的大华，他将大华拉出来，大华却一脚把他踢开。

“行了，大华，你出来吧。”银杏树仙把叶子变没了，大华这才愿意挪动身体，他没好气地踢了银杏树仙一脚，但是自己反而很疼。

“你们父母都很着急，下次不要做这种贪婪虚无的事情。照顾大华长大的爷爷生了重病，没有钱看病，一个月前去世了，所以他开始变得信仰金钱，但是很多事情，不是金钱的问题，我们要懂得怎样生活，即使有了钱，也挽不回爷爷的生命，要向前看，不要总向钱看。”

“大华知道错了。”小豆子帮助大华说。大华又想起了爷爷，眼睛里闪烁着点点泪光，但他强忍着。

银杏树仙取下两片金叶子，吹了一口气，叶子就变大了，就像一张飞毯，他们一人坐在一片叶子上，金叶毯载着他们的梦，分别飞回家中。

小豆子所乘的金叶子停在了自家的房顶上，他的父母老远地看见自家的房屋在发光，便回去看个究竟。而大华所乘的金叶子，很快就化成了一片枯萎的普通的叶子，烂在屋顶上，流淌出发臭的枝叶，他的爷爷佝偻的身躯出现在屋前，他看见了这个熟悉的思念的身影，正拿着扫帚打扫屋子，大华激动地紧紧地拥抱爷爷，和爷爷彻聊了一夜，到黎明时分才睡着。

小豆子家屋顶硕大的金叶子突然自行溶解，像黄金瀑布顺着屋瓦片不断地流泻，直到整座房屋都被镀成了金屋子，屋子里飘出了满汉全席的香味儿。小豆子的爸妈将他紧紧地抱在怀里，问他去了哪里，他说："我遇到了神仙，他让我不要挖黄金，而是用诚实努力的双手，去获得这一切。"爸妈说他真是胡说八道，可是他们看见了黄金屋，又闻到了饭菜的浓香，又不得不信。一家人进了屋，大快朵颐了一顿美食。

美食过后，小豆子的妈妈发现金屋子里多了一个欧式宫廷化妆台，上面摆满了一百只各种款式的口红。有滋润奢华宝石口红、深海鱼油口红、维生素口红、豹纹炫彩时尚口红、盛唐美人胭脂口红……她激动得往老公唇上也抹了一抹。

第二天，金屋子恢复了原来的模样，爷爷也没再出现了。而小豆子、大华一家人待一觉睡醒后，遗忘了昨天所发生的一切。

小豆子一转眼就长成了少年，他来到县城上了中学，随着年龄的增长，开始有了少年懵懂的情愫。在班里，他成绩名列前茅，是班里的前五名，自从他遇见了桃源村的那棵千年古银杏树之后，就越来越努力地学习，各科成绩都很优秀，现在已上初三了。他的脸上长了不少青春痘，他的头型还是扁扁的，像豆子，他对自己的相貌很不满意，但他非常开朗。

小豆子渐渐的喜欢上班里一个成绩中等的女孩，女孩内向，不爱说话，她的名字叫小樱，她的皮肤水灵灵的，像清晨生出露水的樱花一样。小豆子坐在第三排，小樱坐在第一排，老师讲课的时候，小豆子忍不住看向前方的小樱，小樱扎着长长的马尾辫，下课时候，她也坐在那里几乎不动，她太内向了，没有朋友，很孤独。而小豆子就想逗她开心，于是他去找小樱说话，每次小樱都羞红了脸蛋。

由于小樱长得非常漂亮，下课时，身边围满了看她的男孩，她的家境也非常富裕，小豆子有时候有些自卑，但他只有用优异的成绩来证明自己，来吸引小樱的注意。有一次，小樱去上厕所了，小豆子故意拿走她的笔，放在自己的座位上，小樱回到座位上找不到笔了。

“不好意思，我的笔刚才找不到了，就拿了你的笔用。”小豆子走到小樱面前说。

“那没关系。”小樱接过笔，灿烂地笑了，像一束阳光洒进了小豆子的心里。

小樱下课时，很多男同学骑着单车经过她的身边，都要放缓速度。

“小樱，要我带你吗？”一个帅气的高个子男生问。

“不了，谢谢。”小樱看都不看一眼。

小豆子无论白天黑夜，心里都装满了小樱的一颦一笑，他发觉自己越来越喜欢小樱了。有一次他忍不住跟着小樱，发现小樱没有照常走回家的路，而是走一条小路，他好奇地跟着小樱走了这条小路，没走多远就来到一处安静的小巷子，巷口标有“雨苒巷”的篆书字迹，雨苒巷的尽头是一户人家，小樱掏出钥匙，打开铁门，里面有一个种满了植物花草的小院子。

小豆子从院门的缝隙里看到院子中央有一棵铁树，那铁树身上锈迹斑驳，看不出一点儿绿色生机。而小樱拿起了一壶水，给铁树浇着花。小豆子觉得非常奇怪，小樱为什么要浇这棵生锈的树呢？

随后他听到小樱在许愿：“铁树啊铁树，希望你早点开花，等到你开花的时候，我喜欢的人就会喜欢我了，我已喜欢他整整三年了。他都没有在意过我。”

小豆子的心凉了半截，原来小樱的心里早就有了其他人，而小樱一直抚摸着那棵树，给它挂上绒布做成的仿真叶子、仿真花朵，为它擦拭身上的锈迹，小豆子看着那棵不过碗口粗、一米多高的铁树，觉得这个世界上除非有童话，否则这棵铁树根本就不可能开花。

当小樱走后，小豆子三两下翻过院墙，来到铁树面前，也许愿：

“我希望当你开花的时候，我喜欢的人会喜欢上我，而不是喜欢上那个坏蛋。”

中考过后，小豆子以优异的成绩考上了县城一中，而小樱的分数勉强够了二中，他们两人的学校相距很远。小豆子发现小樱每逢每个月的最后一天，都会骑自行车来到雨苒巷给铁树浇水，他便也偷偷过去。时光荏苒，转眼就到了高考结束的夏天，有一天，小樱正在树下许愿，睁开眼睛时，发现了门外偷窥的小豆子。

“小豆子，你怎么在那里？”小樱惊讶地问道。

“我，我也是无意中路过，看到你在这里，这棵铁树，你已经守护了好久了吧。”小豆子不好意思地挠挠头。来到小樱身边。

“是的，我是守护了很久了，那我们两个一起为它浇水吧。”

“好啊！”小豆子用一双温暖的眼睛看着她。

“我一直在铁树前许愿，这个院子是我奶奶临走前留给我的，她说过，只要铁树开花，我喜欢的人便也会喜欢自己。”

“你怎么会相信铁树开花呢？你太傻了。”

“那你呢？你难道就没有许过愿吗？”小樱反问道。

小豆子心里咯噔一下，“难道……你知道……”

“我知道，我什么都知道，我知道你在我身后。也许你偷听到铁树的传说，你的愿望一定与我无关吧。”小樱低下头侧身站在树后，像一抹晚霞躲进一朵温柔的云。

小豆子愣住了，他突然明白了小樱的心思。他说：“我的愿望里有没有你，我们一起看这棵树，不就知道了吗？”小豆子突然抓住了小樱的手。小樱的手震颤了一下，她的眸光里闪烁着如一面墙缝里滴下的甘霖。

他们一起看向了那棵铁树，那棵铁树却还是那样的锈迹斑驳、了无生气。

“别指望铁树了，明天就出高考分数了，我报考的是首都大学，你呢？”

“我……我……”小樱拿开了他的手，支支吾吾的，没说话。

“没什么不好意思的，你直说吧。”小豆子看着可爱的小樱，突然很想抱她一下。

“我没有参加高考。小豆子，我知道你的愿望，你喜欢一个女孩，很多年了。我不敢奢望你喜欢我，但我想成为铁树上的花，实现你的愿望，希望你们幸福。”

小樱的身体忽然腾空，她的手指和身体一点点地幻化成片片的樱花雨，疯长在铁树的身上，微风吹过，纷纷扬扬地落下，亲吻着小豆子的脸颊。

小豆子紧紧地抱着这棵树，抱到双臂颤抖，又在院子里四处找小樱，可怎么也找不到小樱的影子，一个活生生的人，就这样消失了。

小豆子使劲掐自己，可是他醒不来，这不是梦，这竟不是梦！

“可是，我喜欢的女孩，就是你啊！”小豆子跪在开花的铁树面前。后悔没有早点跟小樱表白。

铁树突然说话了，它微微地啜泣着：“小豆子，谢谢你喜欢我。但是，我得了绝症，我不能告诉你，怕影响你高考。现在我能安心地走了，未来，还会有你喜欢的女孩出现，我祝福你们……真心的……”

抗拒孤独最好的办法，就是充实自己。所以，铁树会拼命的生锈，开花时节，会香溢满城，一朵接着一朵，铺上云天。那是为一个不曾拥有过的梦而疯长，而填空的。

空气不成飓风，人们无视它的存在。小豆子不成干瘪的老豆，便意识不到年轻时真正不能错过的是什么。

别把现实的实现归咎于自己的梦魇，那是你的先知故意抖搂出的破绽。

古风篇

天赐嫁衣

一枝睡莲等待千年化身为人，六世轮转才来到你身边，只为与你相遇。

可是我们之间相隔的越来越远，不止是万水千山。

为了爱你的信念，翻山越岭，吸风饮露，执念千年。

既然爱你是错误，那我只好选择浪迹天涯，苦苦守候。

百转千回，终于，等到你。今生，今生我们还有机会相守在一起吗？

或许，我们都不该一念执着。

六世轮转　绝恋伊始

月，裹挟着疾风，好像冰窖中被凿开的圆。

旧时盛放的一串红好似在草廓里尖叫，戾气被谁嗅。

最后一片梅花瓣，就着寒末，吐出她终了前的几厘暗香。

人，不以为然。

把它从颌下吹开去，飘入溪涧，顺流而下，它六世轮转，来到了明成祖永乐十三年。

石屋和外面的世界被切成一半，整个天地一半寒，一半暖。一个娉婷的丽影正在闺房沐浴，浴桶中的檀木香伴着茉莉花瓣的味道沁入心房，大股热气红着脸经过阁楼亭台沸腾，稀释，不见。

清凌的水顺着她柔荑般的肌体滑下，水滴像是从闪烁着晶体光芒的溶洞之上，颗颗降下，指尖轻轻浮在香汤上，亦如玉竹横躺在水质的土壤上。

“蝉羽。”一声轻唤，一身朴素丫鬟打扮的女子便拿着一沓红光闪烁的新衣，绕过淡雅的白孔雀屏风，来到沐浴美人的身边。

“不穿这个。”沐浴美人起身，黑瀑长发及腰，标致的酮体被流光、红烛印得宛若流画。

“大小姐，这个可是侯爷派人送来的，他说是您的嫁衣，明日您就要嫁入府上，不试穿吗？”丫鬟抬起眼眸，她看见尊贵之气的主人，心生羡意。

“本小姐都说了，不穿！快帮我更衣！”美人也是娇惯出来的，所谓小姐脾气，都是惯性。

“是。”蝉羽应声时，只觉对面连串的水花溅向自己的眼睛和面容，顾不得委屈，蝉羽赶忙帮这位大小姐着衣，蝉羽认认真真地做事，她知道，眼前的女人，她身上的每一寸都是娇贵的，不容有失的，因为她即将是欣城侯爵江阔的夫人。

江阔是当今圣上明成祖钦定的功臣名将，难得的是，他年轻有为，尚未娶亲，不知多少妙龄女子抱着多久的梦想，活在与他有关的传闻和幻念之中。而蝉羽，也不例外。

“这是何嫁衣？红得俗不可耐，把它放在本小姐要洗的衣物里，若有人问，你便说，是你不小心洗坏了，只好扔掉。”美人说着，蝉羽拿出另外的三层朦胧的银丝纱衣为她更衣，由里至外，一层比一层轻盈，使人肤如雾中的花朵，若隐若现，想要轻嗅、触碰，甚至采撷，收归己有。美人在铜镜前细细地端看这一身，颇为满意。

抱着木盆中一堆需要洗的衣物，蝉羽走向另一半的世界——屋外。寒冷，服帖在耳廓的碎发被驰骋呼啸的夜风吹得肆意凌乱，她不由得缩起了脖颈，好在前路有月光这盏灯笼点亮，一切都好似被附上了淡淡的柠檬色。

她顺着这光，看到了草地上的一串红，想着：冬末春初的天气，这样一朵花儿，不甘被冷落，一般深秋后便凋零，它却仍在挣扎，争在百花春放前，真是难得。然而梅花也不甘落后，是诗人们争相吟诵的对象，谁会在意，那已经萎靡、濒临亡去的泛泛之花呢?

蝉羽想着，走向洗衣房。她的身后，那朵一串红上方，忽而坠下了一滴热滚滚的鲜血。

自上空投下草阔的树影，细细碎碎，于地面虚晃。

凤冠霞帔　不可方物

蝉羽就睡在洗衣房隔壁的柴房，里面只容得下一张硬生生的木板床。洗完了衣服，她抱着红色嫁衣舍不得扔掉，也担心江侯爷会问及此事，说是丢了，便是我的责任；不丢去，小姐又要责怪。她不明白，大小姐的眼光为何这样挑剔，要是换作自己，很快会换上，幻想着要做夫君的美娇娘。也许是她见识过的珍奇数不胜数了吧，她的爹身居高位，而娘又有皇室血统，她自打出生，便是高贵的。而我是贫民家的女儿，家里太穷，不得不前往大户人家做活儿。

眼前的嫁衣上的颗颗红宝石在昏暗的柴房里闪耀着绮丽的色彩。蝉羽看着它摸了又摸。“此生能穿上一次这样华贵的嫁衣，便无憾了。”这样想着，蝉羽兴奋地从她的床上起身。拉下两边的白幔，解开身上朴素的衣服，换上这喜庆的嫁衣。而她意外地发现，嫁衣里还包裹着精致的红中带彩的头冠，很像凤冠，但没有凤冠那么高，加上身上的衣饰，便近乎于凤冠霞帔。

此刻，蝉羽被冠饰和嫁衣印得面颊微红，眼睛也衬得晶亮，坐在床中央的她，一改丫鬟的气质，出落得比大小姐还要娇美动人。人靠衣装，蝉羽此刻还不知道，自己穿上这嫁衣，容颜间散发着不食人间烟火的仙气，于柴房的环境显得格格不入。

柴房里没有铜镜，只有一盆清水，蝉羽走向前去，想要看看自己此刻的样子。而此刻柴房的门“吱呀”一声开了。

“风也真大。”蝉羽本是吓了一跳，想到今日疾风袭来，便想到是风的缘故。

蝉羽也担心是有人来过，就走出柴房的门，四处看看，此刻一个黑衣人以闪电之速溜进了柴房。当蝉羽回去之时，他拿着一把利剑直逼蝉羽。

蝉羽被眼前的一幕吓得面色泛白，说不出话来。

“把你的衣服脱下来！快！”黑衣人的脸上也裹着黑布，蝉羽完全不知是谁。

“对不起，我不是故意要穿大小姐的衣服的，是小姐要你来的吗？”蝉羽首先想到的是自己穿错了衣服。

“什么大小姐，我要它来对付野猪精，放心，我只是借走，我法器一直在发光，除非遇到了仙物，否则它是不会有动静的，刚才你们柳府的二夫人已经被那妖孽吃了！”黑衣人张口便是惊人的话，让蝉羽不知如何是好。

“我不信，你既然捉妖，为何黑衣装扮？”蝉羽怀疑道。

“顾不得跟你啰嗦了！再不交出来，我只好这样！”黑衣人一掌拍在蝉羽的肩上，她晕了过去，黑衣人利索地把纤弱的她装进黑口袋，扛在肩上，飞驰般的离开柳府。

黑衣人把蝉羽放在一处稻草堆里，要扒开她的衣服，发现她里面没有穿更多的衣服。他顾不得女儿家的名声了，解开嫁衣，她的肩膀和胸口露出，他不由自主地盯着……当他闻到她由内而外散发的体香，突然间把蝉羽抱紧了，这是作为一个男人不自觉的冲动。

突然有脚步声走近稻草堆。

“侯爷，就是前面，有人鬼鬼祟祟的！”一位家仆对江阔说。江阔每月的几个晚上都会巡视欣城，加之最近听说野猪精出没吃人的危险消息，更是加大了巡视的频率。

黑衣人正想赶紧把蝉羽带走，江阔发现他似在做不轨之事，两人过起招来，刀光剑影之下，蝉羽被打斗声吵醒，朦朦胧胧看见眼前黑衣人和一位陌生的公子厮打在一起，黑衣人眼看就被江阔的宝刀挟制，他转瞬从怀里掏出一个烟雾弹，蓝色的烟雾呛得江阔什么都看不清，等烟雾散去，黑衣人已经不见了踪影。

“姑娘，你没事吧？”江阔关切地问蝉羽。他走近时，惊讶地发现，蝉羽穿着他家从祖奶奶流传下来的红色嫁衣和发冠，而且貌若天仙，美艳不可方物。

“我没事，谢谢公子救命之恩。”蝉羽说着想动身，却觉得身上没有力气。

“别动，”江阔温柔地说，“姑娘家是否住在柳府？”

“是啊，公子怎么知道？”蝉羽很惊讶。

“我看过你的画像，你真人比画上更娇美。”江阔以为她是柳府的大小姐。

蝉羽忽而想到，很可能是这身华贵的嫁衣暴露了身份，急忙辩道：“公子，误会了，其实这是我穿我家大小姐……”

还没有说完，江阔突然把蝉羽公主抱了起来。蝉羽没有力气挣扎，用祈求的眼神看着江阔。

“你放心，我把你安顿在我府上。明日一大早我会去柳府打招呼。”

“放我下来，我不是柳如卿，不是。”

“我不会认错的，这嫁衣，是我的传家之宝，一定是你。”江阔把蝉羽抱上自己的良驹，把她搂在怀里，向府邸奔去。

夜晚，江阔陪着蝉羽很久，渐渐地在她床边睡着了。

门外，有两个家仆在谈话。

“我啊，从没见过侯爷如此对一个女人好过。”侯爷府上的一位男家仆说。

“那是当然，你没见她已经穿上了咱们府上的嫁衣了吗？附上的规矩就是：谁穿上了，就要一辈子做府里的女人，这柳家小姐运气真好。”另一位女性家仆说。

猪精出没　姻缘未定

第二日天色还未亮，接亲的队伍便开始准备去接亲。江阔吩咐不用了，他要去柳府解释昨夜发生的事情。

江阔却发现柳府的人个个都面容憔悴，行色匆匆，像是在置办什么不祥之事。

“贵府发生了何事？”江阔问一位家仆。

家仆答道：“二夫人她，她不见了，只是院中的一棵树上有她残碎的衣服和血迹，老爷非常伤心，要我们祭奠她。”

江阔见到柳德权柳伯爵，柳老爷面带歉意：“江阔，对不住，我们府上发生了事情，所以和小女的婚期，需推迟，我正差人要去通知你啊。”

“没关系，我理解的。您别太伤心，节哀顺变。”江阔安慰道。

江阔在树下见到了一朵还没有凋谢的一串红，细心地注意到花瓣上滴下的血，旁边有几根又粗又硬的棕色长毛，他想，会不会就是野猪精？它最近总是袭击人，甚至是吃人，应天府已经发生不少起类似的案件，看来，不得不以最快的速度除掉它！可是需要找到能除妖的法师才行！

江阔感觉到不远处有人一直注视着自己，原来是柳如卿，此前他们没有见过面，只是见过彼此的画像，满意后就由双方父母定下了婚事，他们原本自小就有婚约，说长大后，彼此满意便要喜结良缘。江阔回忆起了那幅画像，相比蝉羽，她更像是画上的人，难道昨夜，是自己认错了人？江阔正想着，便去找柳老爷，想问问情况。柳老爷说，小女正在家中。江阔这才回想起蝉羽昨晚的辩解，原来她真的不是柳家大小姐，可是她怎么穿上了嫁衣呢？难道是偷来的？

突然柳如卿的身后闪过了一道棕色的影子，继而柳如卿身体轻轻的颤动了一下。柳如卿的眼神变得凌厉起来，又慢慢地恢复了往日的温柔。而身体却突如其来散发出臭味，从她身边经过的下人不由得用袖口捂住了口鼻。而此刻的江阔再看到柳如卿时，她的眼神也不再注视着自己，她曼妙的身姿和走路时大摇大摆的模样极不相称，没有点儿大家闺秀的样子。

柳如卿进入闺房，便开始翻箱倒柜，丫鬟素芸听见动静便进来，只闻见一股难闻的猪圈味儿，不敢相信是从小姐的“依香阁”里散发出来的。她看见大小姐在焦急地找东西，便说：“小姐，您在找什么？奴婢帮您找。”柳如卿的声音有些粗地回答：“给我香囊！除臭的香料、香炉什么的！只要能除臭！”素芸听见小姐声音有些粗犷，吓得赶紧拿出自己身上的茉莉花香囊，递给了她。她的手腕力气很大，一把拽了过去，素芸知道，小姐一向脾气大，可如今，像是受了刺激，性情鲁莽，也许是撞见了什么不好的东西吧。素芸偷瞄了一眼小姐腰身上系着的香囊，有些想笑，可是不明白她怎么都忘了。

柳如卿接过香囊就放在自己的身上，问战战兢兢的素芸：“我，身上还臭吗？”素芸担心会被责怪，于是说：“不，不臭，小姐您每天都用茉莉花瓣洗澡，还要求我们每个人都带着茉莉花香囊，您如此爱香爱干净，身体散发的都是花香。”

“哦？我每天都会用茉莉花洗澡？还……”柳如卿问着，似乎察觉到自己不该这么问，就缄默下来。

蝉羽临危　江跃相救

江阔回到府上，刚走到有假山的庭院前，江阔的母亲华明珠便急急地拦住他问：“阔儿，阔儿，柳如卿怎么这么早就接到家里了？不是晚上才过来吗？而且她在睡觉！懒得像猪！”江阔回道：“昨晚我遇见了她，她穿着我们给柳如卿的嫁衣，我把她误当作柳如卿，我想，她可能是柳府的一个丫鬟。”

华明珠听罢，吃惊地怒斥道：“她一个丫鬟竟然偷我们的衣服，非得我去治治她不可！”江阔急忙阻拦：“现在柳家的二夫人被野猪精吃了，那个柳如卿，现在受到刺激，我观察到，她今日似乎受到刺激，变得行动颇为怪异。照我看，我们找个借口，暂不娶她为好。”

“阔儿说得有理。”精神矍铄、气度不凡的已五十岁的江阔之父，当今的太子太保江胜安走到了庭院里，他听见了母子之间的对话。

他们一起来到厅堂里，示意仆人，将门关紧。

“老爷，一个贱命丫鬟，居然胆子这么大，敢偷我们的祖传宝贝，我看打死算了，至于那个柳如卿，阔儿说她家妖精出没，她更是有问题，说不定已经沾上了不好的妖气，那就找个借口，悔婚！”华明珠果断、干脆地说。

江胜安摸摸髭须言：“可是那柳家小姐是咱们大明应天府的第一美人儿，多少人觊觎着，现在是受了点儿刺激，以后恢复了，咱们阔儿后悔都来不及喽。还是像阔儿说的，暂缓时日。如果她家真的祛不了邪气，就放弃。”

“野猪精来过柳府，我相信他还会再来，我想招些能人异士，在柳府守着。据说他每次蹲茅坑后，拉下的粪便，可以熏得十米开外的人头痛脑涨，恶心作呕。我们可以根据气味去捕杀他，以解民之忧、民之恨啊！传说野猪精也因此喜欢身体香味特别浓重的人，先是把玩，再是吃掉……不好，柳如卿应该是被附了身！”江阔分析道。

“阔儿，你快张贴千金重赏的告示，寻找能人异士，除掉这个野猪精！”江胜安说。

“既然已经知道野猪精的下落，杀死野猪精，阔儿你就为皇上分了一份大忧大难，更加巩固我们江府的地位！”华明珠很在意家里的地位，她认为夫君和儿子的位高权重，就意味着高高在上，权益丰硕。

江阔此刻风风火火地去办这件事了，他心想，一定要早日为民除害。

此刻蝉羽醒来，她看见陌生的环境，宽敞明亮的房屋显得比柳府还要大气恢宏。她不由得摸了摸房间里陈列的各种摆件：墨绿色的翡翠夜明珠、金色双翅麒麟、比琉璃还绚丽的云南西瓜碧玺……

华明珠带着两个丫鬟突然踹开了房门，一道灿烂的金色阳光照射进来，特别暖。而蝉羽，一时惊吓得不知所措。她面色苍白地看着眼前陌生的人，想要出门。

可是房门又被紧闭了，金光又不见了。

“快！把她身上的嫁衣扒下来！你个贱奴！勾引我儿子不成，还想做我们家堂堂正正的媳妇！简直是癞蛤蟆想吃天鹅肉！”华明珠边骂边指挥两个丫鬟来解开她的衣服。她挣扎着说：“这是我家小姐的衣服，我只是想做一个梦，你们不让我穿，我自己脱！不过这是小姐的，你们是谁？”

“好，你们两个放开，让她自己脱，省得扒坏了。你还问我是谁？我，是江阔的娘亲！衣服归谁穿，当然我说了算，你出生卑贱，哪能配得上穿我当年嫁给我们家老爷的嫁衣？”华明珠说着，亮了亮手上一颗很大的白蛋和田玉戒指，蝉羽对这种重利轻义的富人，很反感。

华明珠见蝉羽不理会自己说的话，“啪！”的一巴掌打在蝉羽的脸上。蝉羽捂着发红的脸颊，委屈地哭了。

“马上就把你送到官府里，你这个小偷！贱婢！”华明珠的语气一句比一句狠，一句比一句伤自尊。

“你不是丫鬟吗？留在我身边好了。”一个熟悉的声音传到华明珠的耳边。原来是江跃，江阔的哥哥，他俊朗帅气，身上散发着向往自由、闲适的气息，不愿意像爹和弟弟那样做官，不走仕途路，而是倾心吟诗作画，踏足山川河流。不过也正因为这个，他一向不受江胜安的喜欢。作为娘亲，华明珠还算疼爱他。

“跃儿，你，你什么意思？你就不怕她偷走你卧房里的东西？”

“娘，一个丫鬟而已，不至于发脾气，你就把她赏给我。我一定把她教养得服服帖帖的。”江跃看着头发都凌乱了的蝉羽说。

“行，不过你可得答应娘，如果她在府里闹出什么事，立即赶走。”华明珠不情不愿地说。为了儿子，她忍了。

“我答应您，娘最漂亮最温柔了。”江跃说着讨娘欢心的话，希望娘可以放过这个无辜的少女。

在母子说完话告别后，蝉羽一个人在房间里脱下了嫁衣，放在床上。身上只剩下白色的里衬衣，无奈自己没有套在外面的衣服穿。她想逃出这个让人憎恶的地方，她一开门，却有一套精致的蓝紫色服饰放在门口，上面有字条，笔迹如云烟般洒脱——“我代娘亲向你道歉，请勿将此事放

在心上，请你穿上这件衣衫，是我赠你的，当作赔罪。”——江跃亲笔

蝉羽看到字条，心里得到些许安慰，便进屋换上了衣服，她在铜镜面前，看到了又一个别样的自己，她喜欢穿漂亮的衣服，这样心情也好。

江阔重伤　回天无力

白天有不少百姓围观江阔贴上的千金悬赏告示。可是人们都担心野猪精的妖力，怕丢了性命，所以凑个热闹也就四散而去。深夜里，一位黑衣人的声影闪过，将告示撕了下来。

江阔正在江府歇着，门突然开了，他去关门，进门时发现黑衣人坐在自己的床上，双手叉腰，旁边放着一卷白纸。

“来人！有刺客！”江阔没有料到这一幕，着实吓了一跳。

黑衣人迅速拽住他的胳膊，把白纸展开。江阔定睛一看，原来是他揭下了告示。

“是你揭下了告示？怎么看你这么脸熟？那天晚上就是你企图对蝉羽不轨！对不对？”江阔忽然想到了那天晚上的场景。

“是我啊，你大哥。禅羽？那是她的名字？那天你误会了，我是想从她身上找到治妖的物件，而且你不分青红皂白就打了起来，我连解释的机会都没有，只好先走一步。我怎么敢对弟妹怎么样？”黑衣人揭开了自己的蒙面黑布，原来是江阔的哥哥江跃。他不敢承认自己曾有一刻对她动了心。

“大哥！是你？你回来了？！蝉羽不是柳家大小姐，是柳家一个小丫鬟而已。可，可是你不是云游四海，四处为家的吗，怎么……”江阔见到大哥又惊又喜，两人拥抱在一起。

“我游历华山时遇到金鹤仙人，便拜师学艺，如今我听说应天府出了野猪精，而我的样貌又不便于行事，便打扮成黑衣人，那晚，我手上的法器一直在发光，我想，是遇到仙物了，我的法器只有遇到同类的仙物，才会发光，而那天你说，是叫蝉羽的女人，身上发光，我跟踪她才发现，

她穿着我们家的传家宝！我一直不知，这是仙物！”江跃将这些年的经历和那晚的事情解释给江阔听。

“哥，我们一起去去柳府，据我的判断，它已经上了柳如卿的身，柳家大小姐性命危矣！”江阔也顾不得多叙旧，决定及早出发，阻止灾祸的发生。

“走！”江跃爽快地回答。

兄弟俩的轻功了得，他们一起到了柳府的屋顶上，看见柳如卿走进房间里。他们顺着她房间的方向，走近她房间所在的屋顶，江跃用自己法杖形状的古铜色法器对着屋顶的瓦砖，轻轻一挥，它们就自动离开屋顶，飘浮到空中，这一切，看得江阔大惊失色，不敢相信自己的眼睛。

“小弟别怕，这不过是雕虫小技。”江跃说着把头伸向屋顶的窟窿方向，看柳如卿的动静，柳如卿正解开衣带。

此刻江阔也将视线转进了窟窿的方向，他看见柳如卿高耸的胸部、婀娜的身姿，一时忘了自己要干什么，看了好半天。

“小弟，你愣什么神！看我，看我！我这儿有根绑妖绳和一个集妖葫芦，等会儿你下去，趁野猪精睡着，把它绑着，我就用集妖葫芦收了它！”江跃认真地说着，他的手力道很大，摇着江阔的肩膀，使得他别被美色迷惑。

“我这就去。”江阔说着，身手不凡的他很快来到房梁上，可他发现柳如卿不是即将就寝，而是要沐浴，她此刻脱得只剩下红肚兜，江阔想，可惜香汤里飘来氤氲的热腾腾的雾气，我看不清她的身体。不，我是来捉妖的，她是猪精附身，我要办事，办事。

“你们都出去吧，我一个人在这儿洗就好。”柳如卿一声吩咐，两位丫鬟便关好门出去了。

江阔见屏风外走出了两个丫鬟，顺着柱子滑了下来，他悄悄地走到屏风旁，看见长发及腰的倩影，闻到女人身上扑鼻的香味，感到血脉偾张，有些控制不住自己。

蒸腾的水汽汇聚成了水滴，滴在了江阔的鼻尖上，他忽而一个激灵，想到自己是来收妖的，手边有根绑妖绳，便一把将已经套成圈儿的绑妖绳套进柳如卿的身体，顷刻之间，柳如卿的身体越缩越小，越缩越小，而绑妖绳也跟着变小。江阔看呆了，心在狂跳不止，突然感觉背后有一个巨大的黑影，他一回头，只见一头巨大的野猪扑向自己，他心想，什么？它怎么……是从柳如卿的身体里出来了，还是说它根本没附着在柳如卿的身上？顾不得多想了，江阔大喊了一声："大哥！快来救我！！！"

江跃听到了江阔的喊声，赶紧下来，打开集妖葫芦，野猪精见到此景，立马附身到江阔的身上，大笑："你想用集妖葫芦收了我？只怕这个人也会跟着我死去！"

"你快离开他的身体！"江跃紧张地说，"不对，你怎么知道集妖葫芦！？"

"这就不用你管了，我今晚本想跟柳大小姐好好缠绵一晚，我在她身上待了那么多天，着实被她的美色吸引了，可是你们竟然敢破坏本座的好事！"野猪精说着，拿起一把剑，刺向了自己的心口，心口顿时流了好多血。

"你放了他！不然，我一定要你死得很惨！"江跃心急如焚。

"好，可以，把集妖葫芦留下，你就可以带着你的同伙滚了！"野猪精又提出了无理的条件。

"你要集妖葫芦做什么？你就不怕它辐射你的心脉，使得你慢慢死亡吗？"江跃想吓唬吓唬野猪精。

"开玩笑！你真以为我只是单纯的妖？我的法力已经修炼到了上万年，这个集妖葫芦，虽然是太上老君用五千年的时间炼出的，可是我的妖力足以抵挡它的灵力。快！再不把它给我，我就用利剑再刺他一刀，这次，我不会浅浅地刺下去，我会刺穿他的身体！"野猪精自信地回答。

"好，我给你，你快从他的身体里出来！"江跃对于野猪精的做法，虽是恨得咬牙切齿，可是也不得不听它的。江跃把集妖葫芦放在地上，然后后退了十步。

野猪精忽然从江阔的身体里蹿出来，拿走了集妖葫芦，它穿过身前的一堵墙就不见了。

江阔倒在地上，还在流着血。江跃见江阔手上的绑妖绳也不见了，柳如卿也不在屋中，便问话："小弟，你没事吧！绑妖绳呢？！"

"别……别管绑妖……快把我送到郎中那儿，我……我好疼……疼……"江阔实在疼痛难忍。

江跃抱起江阔，正要从门口出去，柳家的官家看到穿着黑衣的江跃，喊起了柳家上上下下的人。家丁们，还有柳德权柳伯爵和柳夫人都急急地赶来，围住江跃和江阔，二话不说，就把江跃和江阔抬到树跟前绑了起来，而江阔的身上继续流着血。

"老爷，小姐不在房间，她失踪了！"丫鬟小琴通报说。

"好啊！"柳老爷气愤得胡须发抖，对江跃和江阔吼道："你们，你们究竟把小姐弄到哪里去了！？"

"是我，江阔。旁边的是我大哥。"江阔虚弱地说着。

柳伯爵听着声音熟悉，就小小翼翼地揭开他的黑色蒙面布，果真是他。柳伯爵诧异极了。

"野猪精附身在如卿身上，我们是来对付野猪精的，如今不知她去哪儿了，江阔受了重伤，你们先救救他！"江跃也解释道。

"周管家！快去叫大夫！"

大夫赶来之后，捏了捏江阔的脉，又摸了摸他胸口上的血迹，摇摇头。

"大夫，你怎么一直摇头？到底怎么样了？"江跃忙问。

"他身上的伤有剧毒，不是一般的刀伤，恐怕是回天无力了，唉。"大夫说着，叹了口气。

"怎么可能？！你是不想救他！"柳伯爵一把拽住大夫的衣领，他也很激动，毕竟江阔是未来的女婿。

"我去找神医白童颜。我这就救你，小弟，你千万不能死！"

江跃背起江阔到了柳伯爵准备好的马车上，快马加鞭出发了。

千年睡莲　自损一瓣

马车疾驰到一间朴素的童颜药铺里，江跃下了马车，可是药铺竟然锁了门。

“白神医！白神医！你怎么不开门！”江跃焦急地敲着门，可没有人回应。一片绿叶落下，砸到江跃的头上，江跃不耐烦地用手弹开那片叶子，可他忽然发现叶子上有几行字。

他赶紧拿起来，上面写上：白芍药一两，青蒿半两，乳香、没药各一钱，千年睡莲鲜瓣一片。

“感谢白神医！在下告辞，有情后感！”江跃很快在最近的胡氏药铺抓到了白芍药、青蒿、乳香、没药，可药铺老板说，只有十年睡莲，而且是晒干的，哪有千年睡莲的鲜瓣，即便是有，那也是成了仙成了精啊！

江跃只好让老板抓了生长了十年的睡莲，配上其他药方熬药。江阔躺在药铺后的治疗房里，嘴唇发白，浑身发抖。江跃为了延长治愈小弟病情的时间，将自己随身携带的法器用布包裹起来，放置在江阔的身边，它身上散发出的灵力可以暂时保住小弟的性命。

“胡老板，你的纸笔借我一用，我要传书一封。”江跃着急地对胡老板说。

“我看他病情太急，我帮你写。”胡老板说。

“江阔病危，需找活体千年睡莲，取下其中一瓣用药。胡氏药铺书。”江跃说着，没想到这胡老板顷刻间就写好了。

江阔飞鸽传书给了江府，希望他们可以动用全府的力量，赶紧为小弟找到千年睡莲。

“不好！阔儿还在胡氏药铺，他生命垂危，需要千年睡莲治病，想是昨天和野猪精搏斗时受的伤，快！召集全府上下，谁能找到千年睡莲，赏黄金万两！”江胜安命令道，他担心这唯一愿意走仕途之路的正根血脉也失去，那样江家可就后继无人了。

江府的上上下下听说少爷病危了，都纷纷齐聚一堂提出建议。

“老爷，我听说方圆百里外的紫月睡莲塘有很多睡莲，我们一人采一瓣给少爷试试。”一位老妈子说。

“放屁！方圆百里还来得及吗？一人给一个花瓣，你想噎死少爷？滚一边去！”江胜安很快否定了。

一位马车夫说：“千年的睡莲，那么久还能活吗？会不会是胡氏药铺忽悠我们？老爷你看这也不是我们认识的字迹啊！”

“不管是真是假，少爷到现在没有回来，可能真的出事了！”江胜安说。

一个身影神速进来报告道：“我在胡氏药铺找到江阔少爷了，江跃少爷在照顾他，说是昨日他们斗妖受的伤，白神医说需要千年睡莲医治！”

“什么？他们简直是胡闹！不是说好要找捉妖师或者大法师去的吗？他们两个凡人就想杀了妖怪，简直不自量力！”华明珠气愤又担心。

“夫人，你先别怪他们，除了一些百姓遭了罪，要不是皇后被野猪精害得险些发疯，我们阔儿也不会拼了命想去捉它，这是立功的大好机会！皇上说过，谁杀了野猪精，谁就是他的恩人。现在，我们只好尽力去找睡莲！”江胜安对华明珠说。

此刻，门外有一双眼睛看着他们，等人都散去，这双眼睛留下两行清泪。

在胡氏药铺，江阔奄奄一息地躺着，而江跃看小弟的情况越来越危急，就对老板说：“我要出去一趟找睡莲。”

“江公子，夜色已深，打盏灯笼。有年头的睡莲，很可能是紫黑色的，或者清金等极少现世的睡莲颜色。其他颜色的睡莲比较多，不像是千年的。”胡老板拿了一盏纸灯笼给了江跃，江跃对他点点头，接过灯笼。

江跃赶着马车来到了应天府的一处知名睡莲湖——印月睡莲湖。他无法在水的深处打灯笼，就把灯笼放在一边，跳进湖水中，向睡莲游去。夜晚，淡淡的柠檬色月光洒向这些颜色各异的睡莲和浮萍上。

江跃游着，看见了不少玫红色的正在盛放的睡莲，看着不像是千年的睡莲。他感觉身体被水下的水藻缠住了，他越是想要摆脱，却越是被纠缠得紧，他掏出随身带着的小刀，开始割下水藻，终于游出了那片密集着植物的区域。

江跃忽而见一叶扁舟出现在眼前，还有一个身穿彩虹色衣服的女人坐在船上。江跃不敢相信自己的眼睛。不对，这副面孔怎么这样熟悉？是她。那天那个穿着我们江家嫁衣的女人，她叫禅羽。

“蝉羽！”江跃奋力喊着她的名字。

船很快划到了江跃的面前，江跃上了船，看着她倾世的倩影和容颜，几乎要忘记自己是来做什么的。

“公子，你认错人了。”这个彩衣女人却这样说。

“不可能，你们长得简直一模一样，我知道禅羽身上有一股香味，那晚，我闻过的。”江跃说着，靠近了彩衣女人。

“哎，你别过来。”说着彩衣女人跳进了湖里。

“对不起，是不是我说话太粗了？我只是想仔细辨认一下你的模样。”江跃见她跳了下去，心慌得也跟着跳下了湖里，可是周围没有她的声音，他潜下水很久也没有找到她。

江跃很伤心自责，觉得自己害死了一个无辜的姑娘。就在他伤心之时，一股闪耀的光芒出现在他面前。“那是什么在闪烁？”江跃自言自语道。

他游了过去，竟然看见一朵彩虹颜色的睡莲，上面赤橙黄绿青蓝紫的花瓣简直就像仙女一样动人。江跃拿出自己的刀，想一次砍下这株睡莲的根茎。他忽然听见一个柔弱的女声说：“不要。”他紧张地问：“是谁？”没有人回答。

他觉得这声音很像禅羽，像刚才那个着彩虹色华装的女人，但没有多想，就找到其中一小瓣绿玉色的花瓣，摘了下来。摘的时候，只听“啊！”的一声惊叫，还留下了红色的血液，仿佛睡莲很疼。江跃看着身边溢出了殷红的一片，他紧张过度地拿到花瓣就赶紧再度上船，回到岸边。

来到胡氏药铺，已经有不少江家的人在给江阔试吃花瓣了，可是一直不见江阔好转。

满身湿透的江跃，已经没有力气再做事，将花瓣递给胡老板后，就躺在药铺边休息了。胡老板看到它，眼睛放光地说："此生我从未见过如此娇艳的睡莲花瓣。我来给江阔公子喂下。"

"各位让一让，这回大有希望。"胡老板说着，大家都纷纷让开。

江阔服下这片绿玉花瓣后，神奇的是，他的伤口立马自动愈合了起来，仿佛有一股强大的神力让他恢复。众人目睹之下，议论纷纷，赞叹江阔福大命大。

"江阔少爷，你醒啦？这次，多亏了江跃少爷，他为你跳下湖去，寻到了千年睡莲。"

江阔躺在床上，唇色有了些血色，他转头看见浑身湿透的哥哥，心里又疼惜又好温暖。

月老红绳　阴差阳错

"哥，谢谢你为我做的一切。"江阔从病榻上起身。

"都是自家人，不必客气，我还有事，你先歇着吧。"江跃说着拿起病榻上面用布包裹着的法器出去了。

江阔想，他应是去找绑妖绳了。之前自己受伤时，他只关心我的病情和那个绑妖绳。正好，利用他去找绑妖绳，帮我找到柳如卿，我们是一定要成婚的，否则，如何巩固我的地位？大哥啊，有你真好，有你在，我什么都不用操心。

江阔刚要和江府的人一起回到府上，看见了一个正在艰难前行的女子，江阔感觉像是禅羽，就让其他人止步，自己走上前，发现真的是禅羽。禅羽的身上流了血，染上了她的衣服，这套衣服正是江跃之前送给她的蓝紫色衣服。

"禅羽，你怎么了？不要紧吧？我扶你。"江阔关切地问。

"没事，我不打紧。我正要回江府，好巧，遇到你了。"禅羽很高兴，她仰慕的江阔那么关心自己。

“你回我那儿？”江阔有点不高兴地反问。

“我不回去，难道你让我回到小姐身边？”禅羽的心怦怦直跳，眉头紧皱，她爱慕的人，竟会嫌弃自己？

“我……我跟柳如卿已经订了婚事，你要是回到她身边，也会陪嫁过来的。你，还是别回去了。江府，也别回。你可以回老家，我给你银两。”江阔冷冷地说着，从怀里掏出几张银票。

禅羽的心被刺痛了，她不屑地看着银票回道：“你是嫌我碍眼，还是怕你已经喜欢上我？”

“我的人生是有目标的，每一个目标都是切实的计划，我不能因为你的存在，使得我和我娘，还有如卿，关系变僵。”江阔是极有目标的人，他专注地制定和执行着自己的每一个目标，就是为了达到最终的胜利。

“可是那天晚上你……”禅羽继续心痛，就因为遇见一个人，连自由都受他的管辖和限制，如果不去这两个地方，那还有什么地方可去？

“你想多了！我警告你，你可别乱说！我以为你是如卿，况且我那晚只是守在你的床边，我根本没有碰你。”江阔忽然拽住了禅羽的胳膊，紧张着。

“你觉得连爱情也可以计划吗？”禅羽失望地说着，推开了他，自己一个人向相反的地方走去。她不知道自己除了柳府和江府，还能去哪儿。她只能向前走，向黑暗走，向着被羞辱的反方向逃去……

江阔见她走了，摇摇头，乘上马车，和一群家仆回江府去了。

禅羽回头，见到江阔远去的马车，跪在路边哭诉着：“为什么？为什么我救了你的命，你却这样对我！为什么！！！我等待了一千年，只是为了化身成人，找到我最爱的人，和你相守在一起。总有一天，我会感动你，我不相信，你的计划，就是你的唯一！”

江跃来到柳府，在柳如卿房间的地上到处寻找着什么。忽而他在床脚发现了被缩小成为拇指大小的被绑妖绳捆着的柳如卿，于是用法器对着她的方向一挥，只见金色的灵光一闪，柳如卿就慢慢地变大，直到恢复她原来的模样，绑妖绳也自动松开，回到了江跃的手上。那野猪精，自食其果，低估了绑妖绳的威力，此刻已被绑妖绳融化成了一摊黑水汽蒸发了。

“多谢恩人！”柳如卿见到俊美又拥有法力的江跃，赶紧道谢，不自觉地就被他这个人吸引住了。

江跃回道：“弟妹不必谢。”

“弟妹？”柳如卿上下打量着他不解道。

“我小弟正是你未来的夫婿，江侯爷江阔啊。”江跃解释道。

“这么说，你是大哥了！没想到你比他更一表非凡。”柳如卿赞扬着。

“既然你已经没事了，我就告辞了，这盒克妖香薰丸，你们柳府每月初三焚烧，便可以驱除妖魔。弟妹，再会！”说着江跃便离开了柳府。

柳如卿拿着这用锦盒收纳的克妖香薰丸，回味着江跃的一举一动，觉得他真是这个世界上最能使自己动心的人了。如果嫁的人是江跃，而不是江阔，该有多好！

江跃回到了印月睡莲湖，他静静地坐在湖边，喝起了闷酒。他反复回忆那个穿着彩虹色衣服的女人，她是被自己害死的，可是自己顾不得多救她，就去采摘睡莲，弃她而去。

而此刻禅羽也坐在岸边，心中惆怅，怪自己太傻，后背还在流着血，可是一声不吭，傻傻地看着月亮。

须臾间，天边闪过一颗流星，江跃看着这流星，自言自语道：“这是你吗？对不起，是我害死了你，你在天上要好好的啊。”江跃说着，身边的法器突然发亮了。

“奇怪，你怎么又亮了？对着流星？不对，你对着仙物才会发亮。”江跃不解地自问。

又闪过一条长长的流星，它的尾巴好像飘带一样滑在天际。江跃顺着它划过的方向，看见了就坐在不远处的禅羽。

他走近了一看，是禅羽，就一把抱住，抱得紧紧的。“是你，就是你！你就是那个穿彩虹色衣服的女人！禅羽！不要伪装了！你还活着！太好了！”

“不，我不是。”禅羽推开他，不过没想到他还是挺有良心的人。

“不许否认，你就骗我一会儿，我江跃这辈子没干过这窝囊事，你就让我好受一会儿，好吗？我没害死你，你还活着，太好了！你是自己游上来的，对不对？你水性很好，对！”江跃有些激动，深情地对禅羽说话。他不管她是不是那个女人，他此刻是想找到一个能够给予自己安慰的人。

“是，是我，我就是那个穿彩虹色衣服的人，不过，我的衣服湿透了，我换上了你那天放在门口给我的衣服。你觉得好看吗？”禅羽也想安慰这个可怜人。

“美若天仙。不对，我不是要你留在我那儿专门照顾我的吗？谁叫你乱跑的？走，我们走！”江跃说着就把身材纤细的她一把扛到肩上。

“哎，你放开我！你这个混蛋！我后背受伤了！”禅羽被他的霸道弄得咬牙切齿，心想，这江家两个公子哥，怎么都这样无理，简直是欺负人。

“那我更不能放了，看你能跑到哪里去！真是累死我了，你真重！”江跃边气喘吁吁地走着边埋怨道。

“你手上不是有法器吗？那你不会用？”禅羽不屑地说。

江跃一拍自己的脑瓜说：“是啊，我会用，你个小丫头，还挺聪明的啊。”

“那是。”禅羽自信地说。

说着，他开始使用法器，止住了禅羽后背的伤痛。法器还使得江跃的步伐比常人快了三倍，他们很快来到江跃的卧房。

“我就睡在角落就好了。我是你的丫鬟，我知道自己的身份。”禅羽试探着说。

“你睡在床上，我把自己挂起来睡就好。”江跃说着把自己的衣领一拎，挂在墙上，自动睡着了。禅羽被他的举动逗笑了。

江跃突然又睁开眼：“我的法器放在你身边，可以为你疗伤。”

“我怕……”禅羽有些担心。

“别怕，你睡一觉，第二天就好了，我的法器就这点好，它可以疗些小伤，延缓病症。”江跃把法器放在禅羽身边说。

禅羽躺在床上的时候，江跃还为她压被角，禅羽闭上眼睛，觉得江跃很细心，不再执迷于江阔。不活得那么累，不是很好吗？想到这里，她的脑海中隐隐浮现出了江跃的温柔细语。

江跃怎么也睡不着，就偷偷地在昏暗的房间里看着她。而禅羽甜甜地睡着了，她身上被摘除的那一瓣莲花瓣，正巧似剜掉了的她在前世残留的对江阔的情思。

对于爱情，有时候无须那么一念执着。生命短暂，遇到对的人是爱的唯一理由。

心琥珀

春秋时期，普陀山上，农历一月十九日。

脚下的路像一张簇新的雪貂皮，此前从没有穿过。纷扬的落花银钿似的挂满了樟树林的枝头、群狼的脊梁，为贫瘠的山峦装点新色。不久，这些被碾碎的花瓣屑堆积，化成了一簪簪冰凌。

步履蹒跚的老妪拄着一根紫檀龙头拐杖，在树林雪地里边粗喘边回头看身后的三个土匪。她满头的银发已被头顶上不时从针叶坠下的落雪块儿打湿。

“老家伙！居然跑到这儿来了！”胖成一团肉球、长发打成结的邋遢不堪的土匪头子，鼠眼贼眉的盯着老妪胸前的那一串琥珀怒喊着，瞬时那张簇新雪貂皮被划开了一道口子，露出鲜血，涓涓流淌。

老妪捂住伤口，看着土匪头子手上的尖刀，眼皮渐沉。她胸口串有三颗琥珀的项链被他一把拽下，塞进他的虎皮背心里去。

另外两个一高一矮的瘦土匪，用膜拜的目光看着土匪头子，同时垂涎着这串琥珀。

“老大，给哥两个看一眼吧，这琥珀，里面有跳动的东西，估计是有生命的，太他娘的不寻常了！”高个子渴望地说。矮个子也发话道：“一般的琥珀，尘封死物，像甲虫的尸体什么的，这个里面的东西可是咕咚咚、咕咚咚跳的，上次咱们在客栈里跟踪这老家伙时，可是看得真真的。”

“哈哈哈，满足你们，不过，我们要走十多天的海路才能走完这普陀山，咱们先坐船去！”土匪头子身处险峻而幽幻的四面环海的普陀山，看着远方，白浪滔滔、渔帆竞发，黢黑的心尘几乎要被这里的美景净化了，可是一想到这串琥珀带来的不菲财富，就想马上离开这里，回到大陆。

老妪尸首上散发的血腥味吸引了一群饥饿的野猪，它们从不远处寻来，个个都虎视眈眈地盯着她。

“咻！咻！咻！”只听利箭在空中疾驰穿过，一个浑身散发莲香、慈眉善目的少女妙善，身手敏捷，将这群野猪射倒在地，随后它们哼哧哧地忍着剧痛。它们的身体并没有中箭，都是脚上受伤。

“都怪我，来迟了，这三个可恶的蟊贼，迟早会得到报应的！”妙善原本看到他们在追老妪，却没料到他们会杀了她。妙善端详老妪时，有种说不出的亲切感。

妙善不忍见老妪被抛尸荒林，就在她所住的莲花池旁，一锹一锹地掘出坟地，将老妪的尸首埋下，每天在坟前为她上一炷香，祈愿她来世可以幸福一生，不再惨遭毒手。

这天是农历二月十九日，妙善的生日，她像往常一样要给老妪祈福，却被眼前的景象弄得惊慌失措。原来的坟地变得空空如也，她掘地三尺，也不见老妪的尸体。她苦思冥想：难不成是有人偷盗了尸体？可这堆不值钱的破土坟茔，怎么也不见了呢？她为老妪安葬这件事仿佛没有发生过。

妙善收拾行囊，准备去姑篾国买些生活用品，这天傍晚就乘船离开了普陀山。

到姑篾国的闹市时，妙善告诉周遭的百姓们：“我发现有三个土匪，他们为了争抢一串琥珀，相互暗算，都惨死了。”说罢，妙善双手合十，在心里说：“奶奶，您看，他们得到报应了，您安息吧。”

妙善看到闹市里有卖香炉的摊子，便上前挑，她看中一款琉璃紫炉，决心买下，正要给老板铜钱，一抬头，只见老板竟然是自己亲手埋下的那位老妪，活生生地站在自己眼前，还面带慈祥的笑意，吓得连连后退了几步。她还注意到，老妪的胸前，仍然挂着那串琥珀。

琥珀是晶莹剔透的，每颗琥珀里都有一颗心脏似的红肉在咕咚咚地鲜活跳动，只是这心脏呈涓埃之微，不比人心。

妙善怕这老妪不是人类，或许是妖魔之类，赶紧离开了集市，找到客栈安顿下来。午膳时，她又细想，如果老妪是妖魔，又怎么会被人类杀害？她有什么目的？

三人为争抢“心琥珀”而死的消息很快传开，大家都说这琥珀很值钱，也稀有。太史张煜钦也听说了此事，他派人多日找寻，终于打听到了琥珀的下落，令人把老妪请到了府中。

“你的琥珀，要上缴到大人我这儿，否则，这三人的死，就是你的阴谋了。”人到中年、武功造诣颇深的张煜钦胸有城府，他想得到一样东西，通常先把物主推向险境，再逼其乖乖就范。或是予人好处，再背地暗算。

“我的琥珀可不在我这儿，就在那三人的棺木上。”老妪坐在上座，斜眼看着张煜钦，浑身透露着极有腔调的贵族范。

“果真？我的手下曾看见你身上带着，只是今日不在你身上，对否？”张煜钦怀疑道。

“若是不信，你便差人去寻。许是他们的魂儿偷的呢？”老妪坚持道，拄起拐杖，径直离开张府。张煜钦示意手下不要慌着拦她，仅需悄悄地跟着。

老妪只身来到郊外的一处悬崖上，凡人向下望去，必觉头晕目眩。一尊三位连体的巨大棺材悬空在悬崖中间，山崖下就是万丈深渊，一棵能救命的树木也没有。老妪取下身上的琥珀，向棺材的方向扔去，那琥珀正好被丢在棺材面上。

张煜钦派来跟踪的几名杀手见状，不愿意冒死去拿，便商量着回去怎么应付张煜钦的问话。

回到张府时，杀手们强作镇定，其中一位经验最丰富的杀手涧西试探地禀告：“大人，棺椁上并没有那串琥珀，许是那老太婆使诈！”

“你们以为我不知道？一群废物！那里分明是有的！我也去了断肠

崖！”张煜钦横眉怒视着涧西等人，话音未落就挥舞长袖，利剑出鞘，一片鲜红色溅满了花园里的昙花骨朵，白生生的花容染了血唇。

“老爷，老爷，您快准备下，隋公公来了！”丫鬟罗青匆匆地赶来花园，却见一行黑衣人的尸体七仰八叉地倒在血泊之中，而张煜钦手中的剑身，还在滴血，顿时双腿打软，脑际嗡声飞窜，魂都快吓没了。

“第一次看见老爷我杀人吗？勿怕，跟老爷我回房，替我好好更衣。”张煜钦说着，再度看了看衣角上溅到的血渍，把剑丢在花丛中，转而温声细语，一路搂紧罗青的肩膀，离开花园。

第一次被一个男人这样紧紧搂住，刚满十六岁的罗青的身体像是被蜜蜂冷不丁蜇了一下。

罗青只想活命，生怕老爷杀了自己，想到自己是夫人最疼爱的丫鬟，才心存几分侥幸。

“你抖什么？老爷我有那么可怕吗？放心，那些人串通一气忤逆我，我才逼不得已杀了他们。”刚关上房门，张煜钦便安慰地说着，抬起罗青的下巴，眼睛直勾勾地看着她，见罗青羞怯地埋下头去，他才继续说：“啧啧啧，真水灵，我早就想纳一个妾，好在夫人昨日已同意了，她最喜欢你了！”

“是我？我……我吗？夫人她……”罗青出身卑贱，不敢相信地抬起头看着张煜钦，他的目光正火辣辣地对准自己，罗青看着这样不同往日的老爷，像是在多日阴雨后直面一缕烈阳。

“不是你又是谁？晚上老爷我要洗个热水澡，你过来加热水。”张煜钦说罢，收回目光，此刻已更好了衣衫，准备迎客。

“隋公公好哇！什么风把您给吹来了？”张煜钦来到待客厅，热情地说。

隋公公面容枯瘦，嘴唇发黑，据说是练绝世武功变的。他见张煜钦忙活半天才过来接待自己，只以冷言冷语相待。

“不好。王后听说了心琥珀的事，还听说，你找到了线索，三日后是她的生辰，希望你可以进献这宝物。这可是白送给你的机会。”

"三日后，我一定送到。"张煜钦知道这是讨王后开心、加官晋爵的好机会，更加踌躇满志。

第二天晌午，天光最亮时，张煜钦独自一人来到断肠崖，用他的轻功好不容易到了悬崖的半中腰，却怎么也找不到原先有的那副棺材，更别说是琥珀串了。

他沮丧又生气地回到悬崖之上，发现老妪居然早就在那里等他，气得吹胡子瞪眼。

"琥珀，在我这儿，你为了琥珀，居然杀了那么多杀手，他们原本都是你的亲信，是你一步步教他们进入罪恶滔天的杀人险境，现在又因为一时暴躁全杀了他们，你难道没有一点点愧疚？"老妪在远处指着他的鼻梁，苦口婆心地训话。

"别废话！他们命贱！快把琥珀给我，不然我有办法拿到，你也见识到我的武功了！"

"哈哈哈哈哈！"老妪高声仰笑着，健步如飞来到张煜钦面前。

"你个老东西！笑什么？"张煜钦惊讶于老妪逆天的武功，可内心还是鄙视她。

"把我带到王后跟前，我就把琥珀献出来。到时我会出现的。"老妪说完，纵身一跃，跳到了悬崖下。

张煜钦惊诧地向悬崖下方看，没见老妪的身影，猜想她必然是位绝世高人，才收回方才对老妪的轻蔑。

夜晚，张煜钦叫罗青来为他的澡盆试水温。罗青的纤纤细手伸进热气滚滚的水里，发觉温度正好。

"老爷，可以洗了。"

"你试过了？"

"刚才用手试过了，温度正好。"

"用手怎么行？你脱光了，用身子试温。"

"这……"罗青虽犹豫着，却不敢反驳。于是照做，整个人浸入澡盆里，在水外露出一半的凝脂双乳。

“老爷？”罗青想起身穿衣，但没有张煜钦的命令，不敢起来。

没有人应答。

“咣！”只听踹门的响声震彻耳际，罗青心悸地转身一看，是夫人带着另外一个贴身丫鬟素香进来了。

“夫人，我听老爷说，罗青说她要夜夜脱光了，勾引老爷，做了妾后，给老爷生个大胖儿子，刚才还不信，你看！”素香平时就在夫人面前跟罗青争宠，夫人更青睐做事细腻、认真的罗青，稍些冷落了她。如今，听说罗青有了对不起夫人的事，顿时喜上眉梢。

“罗青！你！枉我那么信任你，我今日且不处罚你，快给我滚出张府！”娴静的瞿夫人出身于大家闺秀，是一个念旧且心善的人，她对一只小猫都下不了手，如今遇到这样的事情，只想眼不见心不烦，给予朝夕相处的丫鬟罗青最好的后路。

任罗青怎么解释，素香都以毒言羞辱她，瞿夫人不吱声，心痛不想言语，转身去清静的书房，闭门不出。而张煜钦借素香的嘴办事后，借故出差了。罗青还没来得及收拾包袱，就被素香撵走了。

娇弱的罗青满腹心事，泪流满面，料想到了自己的下场，惶惶不安。走到一处人迹寥寥的空巷时，就被一个蒙面黑衣人一刀捅向心脏，没有了呼吸。

很快到了王后的生日，举国大臣都私下里向受宠的王后进献礼物，只是这些礼物都是王后司空见惯了的，她不稀罕，总也惊喜不起来。张煜钦早早地如约而至，来到皇宫，见老妪已到王后寝宫，先他一步，顿生不悦。

赵王后跟其他的妃子们在玉华凉亭边，赏刚开好的妩媚粉荷，还有专门为王后生辰准备的彩船。她想到琥珀一事，便令人传唤张煜钦。

张煜钦搀扶着老妪来到赵王后面前，老妪不屑地看着行事虚伪的他，忽而对赵王后说：“王后，心琥珀就在张煜钦的肚子里。”

张煜钦没有防到老妪的这一招，心里一紧，虚汗直流，忙解释：“她胡说！”

赵王后嗤笑了一声，用她的香巾捂住樱桃唇说：“真有意思，我还是第一次听说宝贝在人的肚子里，张太史，难不成是你独吞了宝物，也不吱一声？”

“你个死老太婆！王后，宝物分明是在这老东西肚子里，快！剖开看看！”张煜钦愤恨地反咬一口。

“有意思，不过我不想在生辰之日杀生见血啊，也破坏了本宫还有其他姐妹们的兴致，要不，明日把你们的肚子都划上一刀？哼，想想都有意思。隋公公，你把他们都带下去吧。”

“王后？您的意思是？真的要杀了我？”张煜钦听到王后话中有话，带下去？难道，要关押自己？

老妪不为所动，只是笑笑，她沧桑但不朽的眼神向荷塘望去，亭亭玉立的荷花一瞬间全萎靡不堪，枯败而死了。赵王后和众妃见此情此景，都惊愕起来。众妃纷纷向赵王后告辞，怕这是不祥之兆。

第二天，赵煜钦和老妪的尸体被人扔出宫外，肚子上都被划了一道长口子。

赵王后仍没得到想要的心琥珀，心灰意冷。她原本想在大王生辰之时，进献给他，希望他更宠爱自己。

赵王后没曾想，自己生辰那天说出的杀老妪的话，传到了大王耳朵里。大王不敢相信自己的王后居然忍心杀死将死之人，加之妃子们说她必定得罪了神灵，池塘里开得好好的荷花一时间全都枯败，大王决定将她降为普通的嫔妃并打入冷宫。

赵王后如今蓬头垢面，一言不发，独坐冷宫，她怎么也想不通，大王那么爱自己，怎么会为了一个老奶奶的传闻而抛弃自己。她想到一死了之。就在她想一头撞死在柱子跟前时，看见地上有一串红彤彤的东西。她好奇地走近，捡起来，是一串有三颗琥珀的项链，里面都有火热跳动的心脏。是心琥珀！她欣喜地拾起来，感到这是上天给自己的机会，便放弃了自杀的念头。

她戴上心琥珀时，其中一颗浅红色的琥珀忽然间变大，心脏也相应地变成了人类心脏的大小，满满地印在她眸色清亮的瞳仁里。那颗心脏毫无阻碍地飘出了透明的琥珀，继而来到了她的身体里。她不由得合上双眸，记忆里涌现自己为了私欲滥杀无辜的画面。当那些画面被心中所思的一把火烧了个精光时，感到自己终于不再心悸了，内心特别平静，仿佛换了一颗心脏，浴火重生。

晚上，赵王后梦见生辰那天见到的老妪，她站在一朵五彩祥云上，严厉地对自己说：在姑篾国，有三种人三种心，要驱除。土匪团伙贪婪，烧杀抢掠。张煜钦恶毒，诡计多端。王后您，自私，为私欲杀人。这串心琥珀，它们里面分别是良心、静心、善心。你若不改变心性，就根本找不回你心中的琥珀。我刚才施法，将善心从琥珀里拿出来给你，再给你一次机会，希望你改邪归正。

后来，那土匪三人复活，少女妙善偶遇三人，悉心引导他们，他们开始良心发现，乐善好施，努力改邪归正。

张煜钦肚子上的伤口愈合，同时也复活，他学得和自己的瞿夫人一样，心静如水，为官清廉。

年轻的赵王后也善待一切，时常诵读佛经，清心寡欲，重得皇上恩宠。

老妪看到这一切，还原成自己的本身——观音菩萨，她笑着点点头，乘着五彩祥云飞走了。姑篾国的众百姓见到大慈大悲的观音菩萨现身，纷纷跪下迎送解救苍生的她。

妙善见到观音菩萨时，有莫名的熟悉感和亲近感，目前仍是凡人的她还不知道，这是未来的自己。

濠水之秋

一

唐太宗贞观三年初春二月，太宗李世民封房玄龄为尚书左仆射，监修国史。转瞬丹桂飘香，秋风飒爽，太宗召宠臣房玄龄问：隋朝史书再三修纂为何仍含糊其词？房双仁笃定道：隋朝运河开凿动因，迄今鲜有记载，故而将年限记载含糊。或许有一人知晓——濠州刺史王怀远之子王季召。此人通晓隋史，但焚琴煮鹤，旦毁古籍，千金一掷，颇好美色，纨绔子弟。性情特异，自小聪颖过人，有过目不忘之才情，时而行踪诡秘，时而将事迹公告天下，凡人之言不予理会。预派王季召同乡——新晋史官齐靖前往考察他。定将隋朝史书修纂尽善尽美。

太宗听房玄龄之意，知王季召心中藏史，问，齐靖是何来历？房言，史馆著作佐郎，善记录民间奇闻逸事。下笔皆神迹：纸墨交融，似鸾凤穿阳。因得一手好字，丞荐其书写记录秦正史而已。后觉此人才气非凡，又是青年才俊，便留心此人。此番前往，亦是他凤鸣朝阳之时。

太宗注重史书，召齐入殿，特赐免死金牌。齐受宠若惊，有感于贵人左仆射房玄龄的推崇。

新葺史馆中，鎏金荣耀，藏柜万千，陈列有序，芸香四溢。房玄龄问芸芸史官，隋朝史书如何能完备？众学者脚如注铅，无人能对。齐靖沉思片刻而后举步上前答：如今民盗墓愈演愈烈，恐成风习，地方官中不识时务者勾结恶贯满盈者暗中行盗。除却奇珍异宝、金银财物，墓中史料皆被贼人焚毁殆尽。故而难以考证。如能坚定意念前往民间搜集史料，或有一线生机。

房玄龄对齐靖说道：官盗墓之事早有耳闻，今朝寅时，吾皇钦派你去濠州，此番前往，请著作佐郎请顺道留意建筑精工巧匠，吾皇正筹备设计图纸为太上皇建避暑宫邸。

齐靖听罢心领神会，深谙房之话中要义，沉默不言。史馆中大小头衔史官心中一怔，纷纷不解，皆道：前往濠州，何故？

房玄龄道：此地有专注隋史奇人，乃同著作佐郎同乡，有双面性情，需与他机智周旋。众同仁披星戴月数十载后，五部宏伟史书：周、北齐、梁、陈、隋，需臻化境，白璧微瑕，亦刻不容缓。

齐靖年方二十有三，字巡山，号西涧舍人，濠州人士。体段峥嵘，宜动宜静；温文尔雅，善奏芦笙；挥墨有序，气概成章；学富五车，敏而好问。中秋夜，更朝服换民装，告别长安城，驭黑品汗血宝马——红旗，驰骋半月有余，终返乡。沿途观濠梁秋水，忘情吟道：庄惠游于濠梁，濠水之秋如凤如阳，若有来生，千年以后，鄙人仍居此等凤阳之地。

二

翌日，濠州大地，惠风和畅，朝晖洒金。齐靖慰安父母后，动身王府，会王季召。路途见商贾云集，邸店林立。街上有家酒肆，黄锦酒旗微微飘扬，盈门宾客络绎不绝，便对身旁武艺精湛的护卫舟芷提及买酒。舟芷上前对店小二说：斟陈年花雕一壶。买回后，齐靖对舟芷耳语，你先去王家，以乡官身份寻王季召问隋史一事，看他做何反应，顺道把我到来的消息知会一声。舟芷领首道：“是。可大人独行，舟芷担忧您的安危。”齐靖不作声。舟芷遂去王府。

齐靖正走在热闹集市上，忽见一狂妄之人，身高七尺，手拎鸟笼，神态惬意，目光浮动，双腿八字外撇，在集市上晃荡。身后跟随六名家仆，吆五喝六，肆意挑衅，大斗威风。

家仆与此人同样嚣张跋扈，随意掀摊，收保护金，往来妇孺百姓皆避让恐之。齐靖多年未回家乡，不知所谓何人，问路人才知。路人道：此人是王老虎的爪牙何杞。平日里，欺辱乡亲，强抢民女，天地难容！齐靖问，为何如此猖狂？王老虎可是王季召诨名？路人回：正所谓天高皇帝远，应是疏于管束，官官相护所致。说罢摇头渐行渐远。齐靖感慨万分。

何杞忽而停住脚步，目不转睛。齐靖顺其目光，不远处见一窈窕美人，约摸碧玉年华，眉目如画，凝脂点漆，秀色可餐，头饰花钗步摇，高腰束胸，宽摆拖地，举止温婉，执冰绡丝帕，正同一家名为“潋滟”的绸缎庄的店主莫须言攀谈。

齐靖也看得出神，心想，这是谁家小姐，不落凡尘，生得如此花容？

何杞见只有她一人出行，独自上前抚摸美人腹处，轻浮搭讪道：“妹妹，快跟哥回家中！今夜花好月圆，想逃婚不成？”她拼力推搡，反被何杞横刀挟持。美人蹙眉火恼道：“你是谁？胡言乱语做什么！”

此话一出，何杞令家仆把她硬生生地捆绑而去。莫须言欲上前制止，却忌惮王家势力，不敢妄动。

齐靖是文官，恨自己没有武艺，若舟芷在身边就可以救回这位小姐。他又估摸着何杞定将她送予王季召，便跟踪他们。路上齐靖收到舟芷的飞鸽传书一封：请大人速来王府。他只好放弃跟踪，但发觉前方有条丝帕，定是受难小姐故意丢下的。他拾起，将它置入宽袖，后至王季召所居府邸。

齐靖来到王府时，舟芷和另外两位护卫已在府前等候。王府上下听说是长安城来了朝中大官，举府上下纷纷热情迎接，齐靖暗中令舟芷将酒偷偷灌于其珍奇花卉中。

王怀远和王季召父子对齐靖毕恭毕敬，嘘寒问暖。齐靖见王季召，其双目硕大，鼻头浑圆，肤黄似蜡，唇色如血。年纪轻轻，竟已毛发稀疏可数，用极致黑纱幞头遮掩而已，齐靖心中诧异：莫非真有奇人异相一说？

珍馐午膳过后，王季召提出可否同齐靖对弈，齐靖爽快应允。途中经过花园，齐靖赞道：一片花囊盛香好风光！棋局中，王季召故意输给齐，还称赞齐靖棋艺非凡，不能匹敌。齐靖道：过奖过奖，听闻贤弟博古通今，更是史学奇才，可知隋朝运河开凿动因？王季召笑脸相迎说，岂敢岂敢，如此说法皆为外传，实际本人的才学不敌齐大人的十分之一，故而对不上大人的考学，惭愧，惭愧。现今大人亲身到访寒舍，竟与我兄弟相称，更是感激不尽，日后还需您多多提携。如今濠州发展日新月著，而数万百姓无不知我等穷乡僻壤竟出您这样英明神慧的大官，实在是国之万幸。王季召说罢，瞥见齐靖袖口露出一角冰绡丝帕，心想，这玩意是女人之物，莫非他？

齐靖被王季召的一番巧言辞令夸得心花怒放，笑面盈盈。齐靖拜托王季召留心隋朝史料，查明历史真相，再多多留心濠州的建筑精工巧匠。王季召说，一定一定，用鄙人虔诚之心，尽生平所能留意、查明。王季召为齐靖安排了华丽府邸居住。齐靖心想，此人热情、实在，并非如房玄龄所说，为人有两面。齐靖刚入住豪房，舟芷便敲门。

舟芷说：“启禀大人，已经查实，今日被绑女子乃是一叶姓茶商人家的二女儿。名叶素。年十八。现在被送到王季召寝中，哭嚷不停。叶家在何杞面前苦苦哀求，他却把叶家的大女儿叶绿也一并掳去，其余一干人等全部杀戮，舟芷无能，去时，何杞一帮恶人已血洗叶家。”

齐靖正要将一壶茶水送往嘴边，听到这样的消息，猛摔茶杯，怒气冲冠道：“没想到王季召竟是如此禽兽，见有地位的人，卑躬屈膝，见到低自己一等的人，如此凶残！待我完成吾皇的任务，必杀之而后快！”舟芷听后立马细声告诫：“大人请谨言慎行，当心隔墙有耳。”齐靖这才将怒气咽在心中。

三

暮色降临，视角晦暗，何杞将叶绿用床单包裹，送往王季召住处。王季召见叶绿更加美艳动人，回想到白天与齐靖对弈时无意发现的细节，便吩咐何杞将叶素送往齐靖房中。

何杞凶神恶煞、威逼利诱叶素说，乖乖服侍齐大人，否则你全家性命不保。叶素含泪，无言以对，更无路可选。

齐靖正在房中练字，忽而听到轻轻地叩门声，月光照耀下，窗外人影绰约。开门竟见叶素低眉欠身，倚在门外纹丝不动。齐靖见门外也无他人，邀她进屋，但她沉默不语，眉心紧锁，像是生病一般，便伸手扶她，不料她浑身瘫软，倒在齐靖怀中，微微睁开双眼，目光似乎在传达祈求之意。齐靖抱她入床休息，他猜到是王季召的诡计，招来舟芷等三人，去救叶绿。

王季召已将中了软骨毒的叶绿的衣物轻扯，在酮体上肆意亲咬，她只能含泪见己身被恶人侵犯，欲咬舌自尽，也毫无气力。

王季召正享受春宵一刻，有人在门外来报：发现一处宝藏！今晚可动手。

他当即更衣，带上佩剑和满箱的凿、锹、铲、斧、镐、镦、镞、锥、镰、锄、竹筐、木杠、粗麻绳等，火速上路。门外数十人手执火把，良马十四，用手势互通暗语。

待他们奔驰走后，舟芷欲蒙面追寻，齐靖阻止他，并对舟芷说：“你是房公指派的护卫，必有过人处，现在就展露你的易容术吧。将我化作何杞的模样。”舟芷说：“大人，我先化装可否？”齐靖应允。

齐靖的另两名护卫左三传和左二传兄弟二人进入王季召房中，门前守卫见二人古怪，掩鼻在门前徘徊，便问是做什么的。左三传挥手便是迷药四散，眨眼间四名带刀守卫全都晕倒在地。左三传见床上的叶绿赤裸身体，多处淤血齿印，所谓男女授受不亲，不敢直视。左二传想，此刻不能优柔寡断，便扶起还浑身发抖的叶绿，喂她配置好的解药，而后为她穿衣。为掩人耳目，就为她穿上门前守卫的衣服。送往齐靖住处，与她的妹妹叶素相见。

叶素和叶绿二姐妹听闻了事情的细枝末节，且知家人已被王季召毒害，悲痛欲绝，跪地恳求齐靖杀之。齐靖承诺说：“二位请起。我正准备化装成为他们内部一员。而后去他们口中所谓的‘宝藏’处，一探究竟。”说着，又听见叩门声，叶绿去开门，见一位绝色女子站在门前，衣袂飘飘，长发及腰。女子又走到齐靖面前用柔婉的声音说：“大人，请看。”

“姑娘……是何许人？”齐靖不解。其余一干人等也迷惑不已。

“下在舟芷，大人不认识了？”她的嫣然一笑让左三传兄弟也惊呆了。

“你竟然能化作异性，只是头部稍大了些，声音也？”齐靖出于好奇，起身来到舟芷面前。抬起舟芷的下颌，盯着面颊细看，抚着腰肢啧啧称赞。舟芷为这一举动感到心悸，久久不能平静。

“大人，我本就是女儿身，之前是男儿装束罢了。这是我的原音。现在到您了，请大人躺下，为您易容。”舟芷这一句，让齐靖等人更加诧异，真是万万没有想到。齐靖更为尴尬，连连谢罪：“刚才若有冒犯处，请勿怪。只是一直认为你是男儿身，多有得罪，还请包涵。”

舟芷露出淡然神情说：“大人不必客气。”随后为他易容成了何杞的模样，为了掩盖声音的弱点，又让他服下致喉咙暂时嘶哑的药草：野生吴茱萸。

四

王季召等人来到了濠州西郊墓地，一位土夫子已等候多时，他与王季召接应后，带他来到准确的位置，其他领头的土夫子已按照古墓地图“寻龙点穴”，对陵墓位置、结构有了准确判断。

王季召用火把照亮周围的地方，信心十足地说：“这个墓地十分隐秘，必然是个好斗！”夜里凉风四起，蓝绿的鬼火幽幽浮荡在广袤的荒草之际。墓穴已掘到十米多深，散发出了腐尸的味道，叫人瘆得慌。

易容之后，齐靖等四人来到了王季召一行人所在的位置，于古墓所在的一座荒山上。他们还不知是何人的墓地，墓葬价值几何，只见何杞在荒山上。夜晚光线不佳，但月光朦胧下，舟芷目测自己与何杞相聚十五丈，有些远，便佯装哭泣。何杞听闻异常动静，猛回头问："谁？"他绷紧神经，渐渐向哭声寻去，见一柔弱女子半露花容，掩面而泣，这才放松警惕。当何杞靠近舟芷时，舟芷随地取来一片青叶，便以雷霆之势将他封喉见血。齐靖令左三传兄弟在墓口等候，和舟芷下去看看情况。

王季召在墓道中的一个腐朽严重的木箱中，发现了诸多字画书籍，准备直接焚烧。被齐靖假扮的"何杞"阻止说："主上莫急，指不定这些字画书也价值连城。"王季召"嗯"了一声，又问："你的嗓子为何如此沙哑？这些破书我已翻阅一遍，全部记住了，你要它做什么，即刻烧光！否则我拧断你的脖子！"

齐靖发现这些书籍竟然是隋朝史书，实在下不了手。舟芷见王季召的神情愈发凶悍，便一下夺取，用火把烧毁。王季召这才注意到，墓地不知何时多了一个女人，敏感的警觉心急速提升，问舟芷："你是谁？谁让你进来的？"

舟芷正要回答，王季召便用一根细长的银针从舟芷的前额中心深刺进去，银针瞬时不见影踪，只见舟芷额上鲜血如涓涓细流，横倒在地，一动也不动了。王季召呵呵一笑道："姑娘你还没答话，就困了？"齐靖想出声但却不能说话，逼迫自己收回冲动和眼中的仇恨、泪光。

王季召看到棺椁四周是华美的龙凤浮雕，时隔百年依然清晰可见。正中刻有一行字：动棺椁者终身受诅咒。王季召见到这行字毫无忌惮之意，让手下撬开棺木，被土夫子阻止。其中一位中年男子说："诅咒是灵验的！一般遇到此种情况，需放弃！"说罢土夫子们都转身要离开。王季召说："你们走也罢，正愁有人想分摊这些财务。"撬开棺椁和内棺后，墓主人身上有不少金银宝物，王季召等人贪婪，一一取走。

齐靖欲先脱身，就借机同土夫子们离开，只是他挂念枉死在墓中的舟芷，心中悲恸。

五

翌日清晨，濠州刺史王怀远发现家中的菊花、美人蕉以及池中的紫睡莲全部死去，想起自己那胡作非为的儿子，便到王季召房中，屋内竟空无一人。令全府上下找人。

齐靖听闻此事，让濠州刺史王怀远等人来到昨夜被盗墓地。不幸的是，他发觉自己的小儿子王季召，还有府上的若干人等都死在里面，当场晕倒。齐靖要求王府的人把舟芷的尸身也找到，过了三个时辰，竟然也无法找到。齐靖在荒山上徘徊，懊丧不已。过往的记忆看似素衣轻鸿的片片翎羽在山岩溪涧徜徉，白皑的山雾阵阵弥漫着挥之不去的湿气。日渐西移，积云愈来愈无端的被风削薄殆尽，淡至云丝数缕。齐靖正在苦苦思索缘由，一个熟悉的身影突然闪在自己的面前。

竟是男装护卫打扮的舟芷！

“你没有死？莫不是我看见鬼了吧？”齐靖害怕又惊喜地问。

“大人，我当然没有死！这不好好的！”舟芷说着，笑了起来。“那天我在自己的头上还装了面具，包裹整个头部的人皮面具，真正的头皮和假的头皮之间还有一层铁作为保护膜。王老虎的那根银针只是透过铁皮进入了我的真头皮表面。而保护膜上，我缝了血袋，所以刺入时，我会‘流血’，那晚我看起来比较丰韵，头部稍大，就是这个原因。”

悉心听罢，齐靖不禁称赞舟芷的智慧。舟芷却说：“是房大人教我的方法。昨天我将隋朝史书都藏在袖口，焚烧的其实是我之前准备的空书。”

齐靖顿时欣喜，在这些书中查找到了所需的历史真相，同时也寻到了三位建筑方面的能工巧匠，安顿好一切后，准备返回长安城。

临行前，叶素和叶绿姐妹二人为他做了衣衫鞋袜，送行数十里后，依依不舍的向他挥手作别。临别在即，叶素和叶绿突然提出，渴求能跟随齐靖一同前往长安城。他微笑着答应。

幻湫湖人鱼

呲掠树旁古刹的西烈风拈起一撮合欢花，清芬沁入秋水之圳。

玉钗撷螺髻，葶妃的素色霞帔，披肩绕臂，垂挂飘喃。焚香祈怜，一愿黎民安，再愿收成丰，低眉垂袖，璎珞矜严。将沉寂的粉蝶嵌入寺宇黛瓦，慵懒迎向曙光熹微，初妆痕尤在。

淡淡的花青墨潋滟，勾出野鹤闲云图案的宫扇，执掌于夜光罅隙间，冷冷的熠焰浮光灵现。身着袒胸褥的侍女成列为葶妃打着明晃的宫灯，来到幻湫湖，湖面漾着用荷叶盏托衬的烛船。天幕渐暗，谁在河岸将它们泅渡，浅沐，往返如蝉翼的水层？

湛蓝怡心外泛着清金的冷焰，于风拂之下簌簌有声，葶妃的手心延伸的甲前缘抄着清凌的流水，水珠溅到了云鬟香雾，会心笑着。一轮幽圆映着她的冰肌玉骨，暗影也被甲前缘捣碎。

赏够了，也该回到宫中。却也只在宫外，才有这铁画银钩的清秋。皇宫威严，不敌民间那一曲如怨如慕的洞箫，它在洞口呼吸畅然，自由盈荡于幽林野谷。

无边的梦魇捆束着这秋冷雁高的季节，佳丽三千蛊惑着一个王的男人。每每思量一寸，心便生一寸灰柱，愈发悲戚。

侍女们随影移步，哎，寂寥重，锁深宫。

皇宫的宫人们拜祭月神后，他去了婧妃的寝宫过十五。葶妃轻咧唇瓣，哼着汴梁民间奏响婚事的唢呐的调儿，仍怏怏不乐，茕茕孑立。白天的祷祝，他也没有放在心上吧。

梦里，幻湫湖那注冷冷的爝焰又浮漾于灵眸清瞳间，秋风捏紧蒙蒙的雨丝绣在河面上，涟似花开，一圈圈被刺痛。一声啼鸣打破夜的肃静，黎明吹亮了碧漪青天。

皇帝不属于一个人，他的身，是天下人的。韶光是要分享给御花园里的每一朵芙蓉的。唯秋光，它独属一颗沉静不安分的心魄。

她要逃到城垣之外去。学寻常人家的千金对着翩翩公子写给她的雍容的词藻含英咀华。

嫦娥仙子正怀抱玉兔，在广寒宫漫舒广袖吧？她是否也曾想过离开这冰清玉洁的牢笼？去看看尘寰的合欢花成缕脱离萼片的母体，掩埋土里，留半生馥郁萦绕余晖的空气。看秋，落红狼藉。看枫过铺笺，絮雨点墨，梨落恸殇，叶舞迭诗……

转瞬又过了一个清冷的秋天，冬雪纷纷扬扬，为她披上大氅。

她记得曾经有人说，世界上有一种雪鸟，它们浑身都是雪白色的，眼睛就似晶莹透明的水珠。每当雪天有人离世的时候，它为人的灵魂引路，一起飞到天国去。

当有生命在雪天降临时，它也就在初雪中孕育而生，飞到新生儿的视野里，只是新生儿还未睁开眼睛，看不见它。

但它会用羽毛蹭新生儿的眼皮，于是雪天出生的人第一眼看见的这个世界，是一只可爱、玲珑的雪鸟。它懂得报恩，因为它是上天安排给人的小精灵。

每一个雪天里来临或者离去的人，身边都会伴随着一只雪鸟。它的翅膀轻盈，它的眼睛含雪，它的声音纯真。

她却不敢相信这样的传说。家族的一位长辈临终前曾告诉她，他看见雪鸟了，他条理清晰地接着说，屋外正有分外妖娆的雪景，覆盖这荒凉的门楣。

葶妃跳入宫内的幻湫湖中，恍惚间，她看见一只雪鸟飞了过来，她要伸手去够，胳膊、掌间，停在湖面。她想多停会儿，去接住抖漏了群雪的冬天。那雪鸟把她引路到天国去了，她的灵魂跟着蒙蒙雾雪的翅膀升腾到另外的国度。

倏忽百年，恍若隔世。

她变成了一条自在欢快的鱼，一条倾世的美人鱼，更名颜歆月。

天色晴好，云朵被蓝天囚得清瘦如烟。幻湫湖畔，湖心被微风漾起涟漪，一对恋人相拥着。

颜歆月的云髻上斜插一只凤仙鱼金钗，眉心朱砂一点，容颜清丽，衣袂飘飘，身姿娉婷。

幻湫湖面若中秋之月，鬓若刀裁，眉如翠羽，身披一袭蓝袍，宁静的望着颜歆月。而颜歆月却固执地推开了他的怀抱。幻湫眉头一紧，眸中泛泪。

颜歆月的碎步还在倒退着，低首凝眉道："你整天拥抱我在怀里，你是我的禁锢，从前，我就是宫中金雀，今生今世，我一定要到外面的世界看看。"

幻湫抹了抹眼角的湿痕，转而淡然一笑："歆月，前世今生，你逃不了爱我的宿命，因为没有我你会死。"

说罢，清风吹乱了他的三千青丝，他张开薄唇，冰蓝色湖水涔涔流淌而出，汇入幻湫湖畔，原本清浅的湖水，渐渐有如一潭深渊，填满了生命的厚度。

他是这幻湫湖幻化而成的仙人。

颜歆月还是逃离了他的怀抱。这是她第一次离开他，同时要永远离开。

天大地大，我可以寻到新的生活。颜歆月一路踉跄着，梦想着。

暮色将至，她来到京城的一家客栈。客栈前有一个约摸七八岁的小乞丐，他衣衫褴褛，蓬头垢面，被老板一脚踹了出去。

一位翩翩公子将小乞丐扶起，并且叫老板赏他几个包子吃。

老板诧然，见公子衣着华贵，器宇不凡，还是拿了些吃的给小乞丐。小乞丐给老板和公子鞠躬道谢后，跑到墙角狼吞虎咽了起来。

颜歆月见这一幕，对这位公子刮目相看。他不仅有倾世的容颜，更有善良的灵魂。

公子见颜歆月四处张望眼前陌生的一切，主动攀谈道：“姑娘并非京城人士吧？”

颜歆月受宠若惊，与公子四目相对时，他的目光好像要把自己燃烧殆尽。

“不是。您怎么称呼？”

“叫我钰公子。姑娘呢？”

“歆月。”

“歆月？这是我听过的最好听的名字。姑娘也来这客栈小住两日吗？”

“是。”

简单攀谈几句后，他们在一起共进晚餐，越聊越投机。

铺好丝绸被褥，正要入眠时，颜歆月发觉外面的阵阵长笛声温柔了整个夜色，吸引了她的注意。她觉得吹笛人一定很温柔，热情，不像幻湫那么高冷，霸道。

此外，这人的轻功一定很好，不然怎么可能悄无声息的爬上屋顶？她打开轩窗，发现是钰公子在对面的屋顶，他手持空灵的长笛，那乐声，静静的向满月诉说。可是钰公子忽然发现颜歆月正聆听自己的笛声，身影闪而不见了。

当颜歆月失落的关上轩窗时，发现钰公子已站在自己的房间，神色幽暗。

“你，你什么时候进来的？”颜歆月吃了一惊。

“就是现在！”钰公子邪笑着，嘴角边流下了口水。

钰公子的纤细嫩手忽而变成了尖利的猫爪，撕开自己的脸皮，随着“喵”的一声，如针的猫瞳、横生的长须、两根尖牙、细长尾毕露。

颜歆月大惊失色，纵身跃进盛了一半水的洗脸盆里，一尾小巧的凤仙鱼在水里蹿跳着。

钰公子，不，一只白猫，它纵身一跃，一头扎进脸盆，凤仙鱼挣扎着跳到了盆外，瑟瑟发抖。

“轰！”

不知哪里来的大片水流，淹进了房间，凤仙鱼兴奋地投入这水的怀抱，拼命地在这怀抱里游啊游，游啊游。

白猫不善游泳，很快被淹死了。

凤仙鱼还是回到了幻湫湖的怀抱。那儿是她真正的家。

翌日，歆月游上湖岸透透气，她倚在湖边的闲庭院落里，看着晾晒整齐的鱼干，一帖帖玉佩琼琚的诗文，一曲曲玉人吹箫的传奇，音画歌诗，抚慰疗养着她困顿的心灵，让她淡忘前世的冷宫怨情，喋血屠刀，有了重生的一番勇气。

幻湫突然拿着玉箫走出屋门，撞见了倚门听曲的歆月，呆住了。他们四目相交，眼前这位吹气如兰，隽永清丽，不守尘世玉圭金臬的女子，从梦画中一笔一墨涓涓淌出，陌生而熟悉，剪秋双瞳里只剩下安宁、舒适，无欲无求的岁月静好。

歆月惊慌地退却两步，逃出仿佛要锁住她的眼神，转而望向庭外的鱼干，怯道：“你，你会吃我吗？”

风过，月落，一簇蒲公英不经意地贴到她粉面上，一种花瓣落雪的温柔，寄住他的心涧。幻湫不守君子之道，贴面轻吹过去，望着飞远的蒲公英，附耳接言：“会。”

继而幻湫紧拥着颜歆月的腰际道：“你在我身边时，觉得我是牢笼，是禁锢。你离开我时，我是港湾，是故乡。”

每个人都想逃离现在的人或地方，抑或事物，奔向远方的一切。可是，不是每个人的远方都适合自己，大部分的人，最后回首才发现，最初的美好，早就找不回来，只剩下满目疮痍的孤独。

“你离开也好，离开才知道我的好，可如果离开太远，我找不到了，你就成为盘中餐了，我也会自责一辈子。我对你的爱，如这幻湫湖，绵绵不绝。人总爱往高处走，如果你要拥抱大海，我也绝无怨言，只是不要去干涸的大陆太久，它不适合你待，你会死掉，那么我也会为你干涸而亡。”

身为一尾小鱼的她早已泣不成声。

他把她搂得更紧了，紧得浑身发抖。带动了昨夜山茶树叶上结下的雨花簌簌落。

后记　栖居在蔚蓝色的星星上

莫言老师说过：用嘴说出的话随风而散，用笔写出的话永不磨灭。

文学创作能让一个人更清晰地洞悉周围存在的一切，成为一个有心之人。

短篇小说集《紫凤凰》收录了我于 2015 年至 2020 年五年来创作的 15 篇短篇小说，分为四个篇章：科幻篇、现实篇、奇幻篇、古风篇。

奇幻篇里的《长风破浪的美食》用魔幻的手法，讲述被人类浪费的美食菜肴拥有了生命和独特个性，与不爱惜粮食的人类展开大战的故事。倡导节约粮食，富有教育意义。小说名字中的“破浪”，有破除浪费的寄寓。《魔蚌》用魔幻现实主义的手法倡导孩子们体谅父母之爱、不追求物质不攀比。

《紫凤凰》源于我的一个梦境，梦见一个女孩骑着紫凤凰从天空中飞过，在天幕中留下难以描述的美妙与梦幻，不仅是保护濒危动物的社会寄托，也隐喻着我对梦想的执着。

2017 年秋，我跨越半个安徽省，从皖东滁州来到皖西大别山革命老区金寨县工作，这座英雄的将军县将我的笔墨新嵌入了红色基因的墨彩，入围“感动中国人物”的周火生老人和中国好人、国家一级古筝演奏家俞晓冬老师等人物的事迹深深感染了我。

来到金寨的第一篇作品，是将八旬老人、退休教师周火生百余次跨省为希望小学捐款而义卖图书的故事改编成小说《希望之旅》，在 2018 年浙江省青年作家高研班改稿会上，专业作家和同学们对它提出了宝贵的改进建议。

2020 年，通过多次采访俞晓冬老师改编创作出《古筝妈妈》，她不畏死神的威胁，不辞劳苦奔波，五年间义务支教大山留守儿童，她让毫无基础的山娃娃们一个个通过古筝十级考试，谱写了一曲感天动地的大爱神话，她无私奉献的文化扶贫事迹，值得每一个文艺家学习。《古筝妈妈》电影剧本故事发表在《中国作家》影视版。

著名音乐家、上海歌剧院副院长李瑞祥评价道：《古筝妈妈》题材很好，人世间总有一些默默奉献者，以一己之力改变着身边的世界，帮助贫弱者提升生命的品质，从而也实现了人之为人的崇高。爱，人人礼赞与渴望，但是需要有人一点一滴去付出、去践行，向平凡的“圣行”致敬。

现实篇中的《沙漠鱼》讲述了命运的转折与波澜，曾获得全国首届掌阅文学创作大赛中篇小说奖。古风篇中的《天赐嫁衣》是唯美的古代爱情故事，古风创作一直是我喜爱的，大学时候特别爱画仕女图，也会在石头上画西施、林黛玉等古典美人。小说中的女子，是一枝千年睡莲，六世轮转，只为与心爱的人再度相遇。

无论是现实朴素的表达，还是奇幻、科幻的想象，都离不开对现实社会的思考与鞭笞。苏联作家肖洛霍夫说：假如你的文学作品没有为社会的底层疾苦流过泪，没有给社会的不公不义几个响亮的耳光，没有为追求广大民众的福祉呐喊，那么你的作品再好，也只是一记横在时代中的疤痕！

我将它抄写后贴在电脑前，时刻警醒自己创作的意义。高层次的文学作品始终寓于时代之中，并超越时代的力量，不受时空的限制，以一种“超能力”穿梭在人类社会之间。它看不见，摸不着，是一种强大的精神力量。

创作优秀的文学作品，需要常年的刻苦积累，创作者不能放弃，不能间断，惜时每一分每一秒。创作者不能重复自己，不做时间的循环物。

文学也是博物学，一个创作者的理解力、想象力在有生之年是无法穷尽的，学无止境，不能停下学习的脚步。

曾有位大学教授采访我：在当下社会利益结构多元化，很多人疯狂追逐经济的时刻，成为作家这个梦想已经不再是很多人的理想了，您是如何坚持这条创作道路到今天的?

我这样回答：

“文学作品带来的文化遗产是人类历史上不可估量的宝库。它对人类的影响是潜移默化的。作家是有自己独立思想和思考能力的人。真正的作家，是用独特的审美活动去观察、研究这个世界，发出自己独有的呐喊。伟大的作家为时代立书，为人民立身，远远超越了单一的经济逐利的价值。

狭义的经济利益追逐，并不能使人成为真正意义上的人类，人是有自己的文化价值信仰的。写作是一种思考的方式，作家可能不会从表层次的经济上带来多么巨大的财富，但可以肯定的是，他们是精神财富的创造者，是深层次的财富创造者。

作家的优秀作品不但介入了经济发展，更进入了广阔的社会世界，单从文学理论形态上看，文学就与哲学、社会学、心理学、符号学、价值学、文化学等学科产生着密切联系。好的作家是思想家、博学家，他们产生的文化价值渗透着社会的方方面面，影响力和作用力也是无价的。

从世界广义经济的发展来看，一个国家的文化软实力不能缺席，作家更是有其存在的意义和价值。诸多文化产业的发展是以作家的原著作品为蓝本的，是产生了直接和间接经济价值的。于个人而言，我是热爱文学创作的，是一种快乐，一种幸福，慢慢地把坚持变成了习惯。”

文学创作，不单是对个人情怀的抒发，它是包罗万象、关心世界的。它可以成为一种人生追求的理想。成为创作者，首先要有良好的品德、生活作风，传承红色基因，爱惜粮食，这是举国所倡导和亟需的。作为创作者，用作品引导和启发读者，是应当履行的责任。

我们都是栖居在地球这颗蔚蓝色星星上的居民，当珍爱一粥一饭，惜时一分一秒。无论是在生活还是学习上，我们都应当勤以修身，俭以养德，只争朝夕，不负韶华。

祝愿我们每个人，都可以长风破浪，实现理想，直挂云帆，舟济沧海。

禹茜茜

2020 年 10 月 1 日

于安徽金寨